LES

MANUSCRITS

A MINIATURES

DE LA BIBLIOTHÈQUE DE LAON

ÉTUDIÉS AU POINT DE VUE DE LEUR ILLUSTRATION

Ire PARTIE

VIIe, VIIIe, IXe, Xe, XIe et XIIe siècles,

Avec vingt-cinq planches lithographiées et trente-cinq lettres gravées dans le texte

DEUXIÈME ÉDITION

TEXTE ET DESSINS

PAR

ÉDOUARD FLEURY

Président de la Société Académique de Laon,
Correspondant du Ministère de l'Instruction publique,
Officier d'Académie,
de la Société des Antiquaires de France, de la Société d'Histoire de France, etc.

PARIS

CHEZ DUMOULIN, LIBRAIRE, 13, QUAI DES GRANDS-AUGUSTINS.

1863

LES MANUSCRITS

A MINIATURES

DE LA BIBLIOTHÈQUE DE LAON

LES

MANUSCRITS

A MINIATURES

DE LA BIBLIOTHÈQUE DE LAON

ÉTUDIÉS AU POINT DE VUE DE LEUR ILLUSTRATION

Ire PARTIE

VIIe, VIIIe, IXe, Xe, XIe et XIIe siècles,

Avec vingt-cinq planches lithographiées et trente-cinq lettres gravées dans le texte.

TEXTE ET DESSINS

PAR

ÉDOUARD FLEURY

Président de la Société Académique de Laon,
Correspondant du Ministère de l'Instruction publique,
Officier d'Académie,
de la Société des Antiquaires de France, de la Société d'Histoire de France, etc.

LAON

IMPRIMERIE DE ÉD. FLEURY, RUE SÉRURIER, 22.

1863

INTRODUCTION

A LA PREMIÈRE ÉDITION DE LA PREMIÈRE PARTIE.

Je n'ai point à réclamer la priorité de l'idée qui a inspiré ce livre. Il doit sa naissance à l'apparition de celui que M. Durieux a publié, l'an dernier, sur *les Miniatures des Manuscrits de la Bibliothèque de Cambrai*.

Comme celle de Cambrai, la Bibliothèque de Laon est riche en manuscrits, et de même que M. Leglay, archiviste du Nord, avait donné, en 1831, un catalogue de la collection de Cambrai, M. Félix Ravaisson, de l'Institut, a publié, en 1849, un catalogue raisonné de la collection de Laon.

Le travail de M. Ravaisson est un trésor d'érudition profonde. La collection de la Bibliothèque de Laon lui doit d'avoir été signalée à l'attention des savants et mise en vif relief; mais une indication de titres, une analyse forcément sommaire et qui ne porte la plupart du temps que sur les livres les plus importants, suffisent-elles pour bien faire apprécier la valeur d'une réunion de manuscrits? Ne sait-on pas que la littérature et la scholastique, la philosophie et l'histoire ne sont pas seules intéressées par de semblables nomenclatures, et que l'archéologie et les origines de l'art ont aussi des droits à y réclamer? Elles veulent savoir si ces manuscrits sont illustrés, s'ils ne contiennent pas quelqu'une de ces lettres ornées ou de ces miniatures dont plusieurs siècles se sont montrés prodigues, quel est l'âge de ces productions de nos premiers artistes nationaux, si leur invention a été originale, ou a procédé par imitation de ce qui s'était fait ailleurs et avant elle, si telle ou telle région avait un style propre, combien a duré tel ou tel procédé d'exécution, comment il était un progrès et comment il préparait un autre progrès. Or, le catalogue de M. Ravaisson se montrait très sobre d'appréciations sur cette importante partie de la paléographie à la Bibliothèque de Laon. Il se bornait souvent à mentionner que tel ou tel manuscrit possédait des lettres ornées ; quelquefois même il passait l'illustration sous silence.

Le livre sur la décoration des manuscrits, du VIIe siècle à la seconde moitié du XVIe, est encore à faire. Des essais consciencieux, bien réussis, ont été publiés. Beaucoup de détails sont déjà connus; mais le dernier mot n'a pas été dit, et avant qu'un travail d'ensemble puisse être écrit, il se passera bien du temps encore. Il faudrait avant tout, ainsi que le désire M. Durieux, que chaque dépôt de manuscrits fût étudié sur place. Il faudrait qu'à son exemple chacun apportât, dans une notice localisée, le fruit de ses observations sur l'art du miniaturiste au moyen-âge, sur les manifestations de la peinture religieuse, symbolique et décorative, en tant qu'elle touche à l'ornementation des livres.

On arriverait ainsi à pouvoir établir sérieusement et consciencieusement la synthèse d'un art sur les manifestations duquel les créateurs de la paléographie, les Bénédictins, n ont donné que des aperçus insuffisants et mal groupés, dans leur livre pourtant si utile et si complet à d'autres points de vue, le *Nouveau Traité de Diplomatique*, où ils ont prouvé que, s'ils avaient si magistralement traité des caractères généraux des diverses écritures au moyen-âge, ils avaient bien peu compris et surtout bien mal rendu la partie décorative des manuscrits de cette époque si intéressante sous le double rapport du dessin et de la couleur.

C'est donc principalement à ce dernier point de vue que je me suis placé pour essayer à Laon ce que M. Durieux faisait si bien à Cambrai. Il est certain que bien des manuscrits, parmi ceux qu'il a étudiés, ont été écrits et enluminés dans les grandes abbayes qui avoisinaient cette ville, comme beaucoup de ceux que j'ai examinés à Laon ont été écrits et enluminés dans les couvents de notre contrée. M. Durieux en a des preuves pour le département du Nord, comme j'en apporterai pour l'arrondissement de Laon. Les manifestations de l'art presque dans la même contrée, aux mêmes dates, seront intéressantes à comparer. Parfois, elles se compléteront en se corroborant. Ce sont déjà deux pierres d'angles d'un même édifice auquel d'autres travailleurs seront peut-être tentés d'apporter de nouveaux matériaux.

A la différence de M. Durieux, j'ai cru que, dans une étude qui, pour être utile et sincère, à mon avis du moins, devait être et rester locale, je devais m'abstenir avec soin de toute tendance à généraliser. Je me suis donc tenu en garde, autant que je l'ai pu, contre le désir de poser des règles, n'ayant souvent sous les yeux qu'un exemple isolé, exemple surtout dont l'origine n'était généralement rien moins que certaine.

En divisant mon travail par grandes époques et à l'aide des attributions de M. Ravaisson que je n'ai que rarement combattu, je me suis moins attaché à préciser les tendances d'une époque et d'un genre, qu'à étudier à fond chaque manuscrit, laissant à d'autres le soin de tirer les conclusions d'ensemble, quand il en sera temps. Je me suis beaucoup attaché au style, aux procédés, à la manière, même à ce que, en termes d'atelier, on appelle les *ficelles*, en un mot au faire extérieur.

Quant à l'idéal, quant à ce qu'il y a pu avoir de psychologique et d'immatériel dans l'école ou dans les écoles, je n'ai rien trouvé, dans la collection de la Bibliothèque de Laon, qui m'ait, au moins jusqu'à la fin du xiie siècle, permis de saisir des tendances bien élevées comme spiritualisme. Je crois très profondément à des types toujours les mêmes, que les artistes d'une époque se transmettaient, copiaient et recopiaient, en ne modifiant guère que des détails de couleur, presque jamais la ligne admise et convenue, qu'on semblait se passer de main en main.

A vrai dire, je crois aussi à peu d'originalité et d'invention dans le nord de la France, si tant est que tous les manuscrits qui y sont restés y aient été calligraphiés et enluminés. Les idées n'y couraient pas la rue plus qu'aujourd'hui où nos représentants modernes de l'art moderne ne brillent point au premier rang des créateurs. L'innovation n'étant donc point partie de nos couvents et de nos *librairies*, je le suppose, j'ai dû me borner modestement à décrire et à analyser les manuscrits qui ont fait la gloire des collections par leurs qualités extérieures souvent, quelquefois par leur perfection, heureux si mes descriptions et mes dessins, que j'ai faits très fidèles, donnent une idée suffisante de ce qui m'a causé un si long et si vif attrait.

Laon, le 12 décembre 1862.

Ed. FLEURY.

VIIe SIÈCLE.

I.

MANUSCRIT N° 423.

(PLANCHE 1re).

RECUEIL. In-quarto presque carré, sur velin. Il est catalogué par M. Ravaisson sous ce titre : *Liber Rotarum sancti Isidori ispolensis episcopi*. Le catalogue des manuscrits de la Bibliothèque de Laon le mentionne sous ce titre différent : *Isidorus de Naturâ rerum*.

Le Traité d'Isidore ne forme, on le verra, qu'une partie des pièces contenues dans ce manuscrit.

Reliure en bois avec restant de basane.

Ce manuscrit provient de la nombreuse et belle collection de la Cathédrale de Laon. Il contient soixante dix-huit feuillets ou cent cinquante-six pages d'une écriture très-serrée.

Le travail de l'évêque Isidore de Séville est un traité en latin d'histoire naturelle.

U point de vue des connaissances cosmographiques et météorologiques du temps où il fut écrit (vi^e siècle), il serait déjà très curieux à étudier. Ses chapitres sont intitulés : du Jour, de la Nuit, des Semaines, des Mois, du Monde, du Cercle du Monde, de la Nature, du Soleil, de la Lumière, de la Lune, de la Nuit, du Tonnerre, des Nuages, de la

Pluie, des Signes des Tempêtes, du Fleuve du Nil, du Mont Etna, etc., etc. Dans une étude aussi spéciale que celle-ci, c'est tout ce que je veux me borner à dire du sujet traité par le savant et saint évêque, pour réserver toute mon attention à l'œuvre du copiste qui s'attaquait à un ouvrage si souvent reproduit à cette époque et jusque sous Charlemagne.

Les manuscrits illustrés antérieurs au ixe siècle sont rares partout, même dans les bibliothèques les plus riches en témoignages des écritures archaïques. La Bibliothèque de Laon peut donc montrer ce livre mérovingien avec orgueil, plutôt, il faut tout dire, pour son ancienneté que pour sa perfection.

M. Ravaisson attribue à la fin du viie siècle l'exemplaire du Traité de l'évêque Isidore dont je m'occupe, et comme preuve il indique la ressemblance de son écriture avec celle du fac-similé de la même époque donné, *de Re Diplomaticâ*, par le P. Mabillon. Cette attribution reçoit beaucoup de vraisemblance de la parenté très-rapprochée qui existe entre certaines capitales des titres du manuscrit 423 de la Bibliothèque de Laon, et de grandes lettres empruntées à un fragment d'écriture anglo-saxonne du viie siècle, fragment publié dans le beau livre *le Moyen-Age et la Renaissance,* au chapitre *Manuscrits,* exemple 14. Les E sont évidemment de la même famille ; l'intérieur des O est coloré sur les deux manuscrits. Seulement, l'exemple de majuscules donné par M. Champollion-Figeac est, dans *le Moyen-Age et la Renaissance,* plus correct, plus soigné, plus carrément dessiné (peut-être est-il un peu embelli), tandis que sur le manuscrit 423 de Laon, les capitales sont plus massives, moins correctes, moins bien traitées.

D'ailleurs, tout le livre est marqué au coin de l'inélégance, de l'inexpérience peut-être. L'encre n'est pas d'un beau noir et a jauni singulièrement, à moins que l'on admette, ce qui est acceptable, qu'au lieu d'être vraiment noire, elle était violacée ; quoi qu'il en soit, elle affecte un vilain aspect terne et sale. La couleur des lettres ornées dont je parlerai bientôt, est grossièrement broyée, inégalement déposée, soit que le pinceau du copiste fût inhabile, soit que le parchemin fût mal préparé, restât graisseux et retînt mal, par conséquent, la couleur préparée à l'eau et à la gomme dont le lustre apparaît par places.

Je crois à ces deux causes et surtout à la maladresse du copiste. Sous sa

BIBLIOTHÈQUE DE LAON.

plume, la belle onciale de certains documents du vi⁰ siècle (1), ronde, ventrue, régulière, majestueuse, s'est transformée en une demi-onciale plus expéditive peut-être, mais moins belle. On sent venir déjà et de loin la cursive aux déliés minces, aux F, aux S et aux L allongés, aux enjambements des caractères l'un sur l'autre, et, singularité assez originale, comme si cette demi-onciale appelait fatalement la cursive, le manuscrit, qui est tout entier de la même plume, de la même main et de la même encre, se termine par une seule ligne d'une écriture pleine cursive, d'une encre noire intense et d'une autre main ; cette ligne me paraît plus jeune d'un siècle au moins et rappelle l'écriture des diplômes de nos rois carlovingiens.

AINTENANT, j'arrive à l'illustration de ce doyen de nos manuscrits. Elle ne consiste pas encore en miniatures proprement dites, comme les siècles suivants vont en dessiner et peindre ; mais ce ne sont déjà plus de simples enjolivements à la plume que les calligraphes des siècles précédents affectionnaient. Nous avons ce qu'en termes de typographie moderne j'appellerais des vignettes, des filets ornés formant têtes et fins de page ; mais quel goût sauvage, quel dessin barbare de contours, d'invention et de coloris ! des titres en grandes capitales romaines et des sous-titres en majuscules onciales ; des lettres ornées *capitulaires*, comme les appelait l'ancienne archéologie, parce que généralement elles commençaient les chapitres ou les grandes divisions d'un manuscrit, lettres que ma Planche 1re me dispense de décrire longuement, car elle contient de nombreux spécimens choisis parmi les plus curieux et fidèlement reproduits. J'ai scrupuleusement évité de les embellir et les ai servilement copiées, bien que je n'aie pu parvenir à leur donner l'aspect grossier et disgracieux que, sur le manuscrit lui-même, elles ont reçu du déplorable

_____

(1) Voir le Psautier de St-Germain. (Bib. Imp.) Pl. 11, exemple 2 (v⁰ siècle), exemple 4 (commencement du vi⁰ siècle), dans les *Eléments de Paléographie*, T. 2.

peinturlurage par lequel le copiste de la fin du viie siècle préludait aux splendides miniatures des âges qui suivront. Bien que M. Ravaisson signale tout spécialement ce qu'il appelle du nom générique « les ornements ichtyomorphiques » du manuscrit 423, les lettres majuscules formées par des réunions de poissons (*ichtiomorphiques*, les Bénédictins, *Nouveau Traité de Diplom.* (1), *ichtiomorphes*, M. de Bastard) sont les plus rares dans le traité de l'évêque Isidore de Séville. A part les lignes qui finissent deux livres, ainsi LIBERPRI du livre premier dont les lettres MUS sont des onciales, je n'en vois que trois ou quatre exemples : le P qui commence le chapitre de *Positione Terræ* ; le D du chapitre de *Monte Etna* ; l'I par lequel débute la seconde partie du manuscrit *Liber Præmiorum* ; le P qui orne la préface du livre où il est traité de la vie et de la mort des principaux personnages qui figurent dans l'Ancien Testament.

Presque toutes les autres grandes lettres, et elles sont les plus nombreuses, nous montrent des figures d'oiseaux ou accouplés entre eux (*ornithoéides*, les Bénéd. ; *ornithomorphes*, M. de Bastard), ou formant les panses d'initiales à montants ou hastes à entrelacs (2) et à feuillages (*anthophylloéides*, les Bénéd. ; *phyllomorphes*, M. de Bastard). Quelques-unes représentent des animaux (*zoographiques*, les

(1) Plusieurs majuscules capitulaires du *Sacramentaire de Gellone* (Bib Imp., n° 163 du fonds latin de Saint-Germain), livre écrit au viie siècle et déjà connu pour avoir appartenu, pendant la seconde moitié du viiie siècle, à l'abbaye de St-Guilhem du Désert au diocèse de Montpellier, offrent une ressemblance exacte avec quelques-unes de celles du manuscrit n° 423 de la Bibliothèque de Laon Ainsi notre D à panse de poisson et dont la haste est ornée d'entrelacs.

Un Q à portrait d'homme de ma Planche 1re a son équivalent exact dans un Recueil d'extraits de saint Augustin, par l'abbé Eugippe, viie siècle (Bib. Imp.), à part un détail du griffon qui ici tient un fleuron en son bec, mais porte un poisson dans le manuscrit d'Eugippe.

Le curieux Evangéliaire du fonds Colbert (Bib. Imp., n° 256 de l'ancien fonds latin), attribué à la première moitié du viie siècle, nous offre, mais en plus petit, les mêmes lettres à poissons, à entrelacs, cablées, fleuronnées et aussi grossièrement peintes, (de Bastard, Pl. 6, 1re livraison).

Mêmes lettres encore dans les Commentaires sur saint Augustin, provenant de la bibliothèque de Jacques de Thou (Bib. Imp., n° 2,706, ancien fonds latin), 2e moitié du viie siècle, et dans un livre de médecine composé des œuvres d'Oribaze, Tralles, Dioscorides (Bib. Imp.), même époque

J'entasse les démonstrations par la ressemblance, pour mieux prouver la haute antiquité du manuscrit n° 423.

(2) « Les lettres en broderie commencent à relever les manuscrits du vi^e siècle. Au viie, elles deviennent plus fréquentes et remplissent quelquefois la dernière page du livre. Aux lettres brodées, en France succéda la mode des lettres en treillis ou à mailles. Leur massif commença d'abord par recevoir des chaînettes. Bientôt elles se multiplièrent au point de produire des lettres tressées et entrelacées. » (LES BÉNÉDICTINS. *Nouv. Traité de Dipl.*)

Bénéd. ; *zoomorphes*, M. de Bastard), des serpents (*ophyomorphiques*, les Bénéd.) (1).
Une seule enferme dans un médaillon une figure humaine (*anthropomorphique*,
les Bénéd. ; *anthropomorphes* (2), M. de Bastard). Un A de forme originale
se dessine à l'aide de lignes droites entrelacées. On voit aussi quelques grandes
capitales romaines sans figures et sans ornementation, mais seulement coloriées.

Je signale tout particulièrement l'ornementation des hastes de deux grands D,
du J et du T de ma Planche 1re. Sur le T, c'est un câblé à deux brins, et sur
les trois autres majuscules l'entrelacs domine. Certains auteurs qui ont traité
de l'illustration des manuscrits vont chercher jusqu'en Angleterre, où d'habiles
calligraphes avaient créé des écoles dès le viie siècle, l'origine de ces nœuds
et de ces entrelacs que les écrivains saxons auraient employés avec des intentions
mystiques (3). A en croire ces auteurs, ces entrelacs symboliques se voient partout
et à profusion, en Irlande et en Angleterre, sur les monuments en pierre comme
sur les manuscrits.

On ne consentira pas à aller chercher ni si loin, ni dans les régions éthérées
d'un mysticisme hiératique, l'origine de ces entrelacs, de ces nœuds, de ces

---

(1) D'après le signalement donné par les Bénédictins *(Nouveau Traité de Diplomatique)*, il faudrait classer
parmi les manuscrits d'écriture wisigothique, ou gothique ancienne, ou gothique d'Espagne, celui dont je
m'occupe : « Ils présentent, disent-ils, une grande diversité de couleurs et d'images. Ce sont des lettres à
figures d'hommes, ou représentant des animaux à quatre pieds, des oiseaux, des poissons, des serpents, des
fleurs, des fleurons, des feuillages. »

Le *Nouveau Traité de Diplomatique* donne, en son tome II, une planche très-complète contenant les caractères
ichtiomorphique, zoomorphique, phyllomorphique, ophyomorphique et anthropomorphique, dont les types sont
aussi variés que nombreux. Malheureusement, ces inventions bizarres sont reproduites sur une échelle trop
restreinte et elles sont mal comprises, ce qui est le défaut de l'ancienne archéologie qui voyait mal et dirigeait
encore plus mal ses dessinateurs et ses graveurs. Le texte des Bénédictins est un trésor de science et de
profondes recherches ; l'image et l'exemple sont parfois faux et inintelligents.

(2) M. Alfred Darcel, dans une étude beaucoup trop indulgente qu'il a consacrée à la première édition
de mon livre (*Gazette des Beaux-Arts*, numéro du 1er mai 1863), dit : Il est facheux qu'une nomenclature
» bien définie n'ait point été adoptée par tous les savants qui s'occupent de l'illustration des manuscrits.
» Celles qui ont été proposées repoussent le lecteur par le pédantisme de leur terminologie, et nous ne voyons
» pas ce que l'on gagne à appeler *anthophylloëïdes* suivant les Bénédictins, ou *phyllomorphes* suivant M. de
» Bastard, ce qu'il est si simple de nommer lettres feuillagées ou fleuries. »

D'un autre côté, M. Ferdinand Denis *(Histoire de l Ornem. des Manusc.)*, dit avec raison : « Quel que soit le
» style de ces splendides initiales, il faudra des mots nouveaux pour désigner leur luxe varié et les mille
» caprices dans lesquels l'illuminateur se sera complu. »

(3) Voir notamment M. Ferdinand Denis. *Histoire de l'Ornem. des Manusc.*, p. 44.

enroulements de cordes que nous devons tout simplement à l'influence artistique des peintres, des sculpteurs et des mosaïstes romains. Ces entrelacs, ces cablés, il n'est pas un monument gallo-romain qui ne nous les montre, et, pour ne citer que nos sources locales, la corde à quatre ou cinq brins se voit sur les belles mosaïques découvertes à profusion, depuis seulement cinq ans, à Blanzy, à Bazoches, à Vailly et à Reims. Les entrelacs sont prodigués à Reims et à Bazoches, ainsi que les nœuds sans fin. C'est une mode de dessin linéaire, et, aux IVe et Ve siècles, les conquérants de race germanique trouvèrent encore debout ces monuments où l'entrelacs gallo-romain dominait, ces monuments dont ils ruinèrent un si grand nombre, mais dont ils conservèrent certainement quelques-uns, et c'est à ceux-là que l'art des Francs, cet art dont leurs sépultures récemment reconnues nous ont restitué tant de spécimens originaux et importants, emprunta ces nœuds, ces enlacements, ces cablés que nous retrouvons sur leurs belles boucles de ceinturons, sur celles des baudriers, sur leurs fibules, sur leurs bagues et bracelets.

Les Romains importèrent ce style dans les Gaules, et les Francs-Mérovingiens le reçurent de seconde main. La tradition ne fut point un instant interrompue. Ce que les bijoux de la splendide orfévrerie mérovingienne offrent à notre attention et à notre étude, nous le retrouvons sur les manuscrits de la même époque et des siècles suivants, et il me semble inutile d'aller puiser dans la quintessence d'un symbolisme exagéré, qui eut des bornes et qu'il ne faut pas voir partout, les causes si simples et si naturelles d'une mode à laquelle tant d'honneur n'est pas dû, au moins à mon avis.

Il en est de même encore pour ces têtes et ces unions de serpents dont je donne un exemple plus haut. Ces monstres sur nos majuscules mérovingiennes sont exactement, identiquement, ceux que l'orfèvre gravait sur les bijoux franco-mérovingiens ; les uns procèdent des autres. La même mode les propagea en même temps par la plume et le burin, et les serpents n'ont pas plus de valeur idéale que les entrelacs.

Des trois parties qui composent le manuscrit n° 423, le Traité d'Histoire naturelle de l'évêque Isidore est celui qui contient le plus de capitales ornées. La partie intitulée *Liber Præmiorum* n'en offre que quelques-unes, et la troisième partie consacrée aux personnages illustres de la Bible ne compte qu'un grand titre, un P, deux I à ses premières pages.

Dans le texte d'Isidore, de petites capitales peintes sont semées à chaque ligne, ainsi que dans la seconde partie. Il n'y en a plus dans la troisième ; mais, en revanche, les noms des patriarches, des rois, des prophètes, sont écrits en encre rouge.

Les lignes sont tracées à la pointe sèche.

Le vert, le rouge qui n'est pas du vermillon, le jaune, le violet dominent.

Parmi les illustrations du texte d'Isidore, je ne dois pas oublier un certain nombre de figures représentant : l'une, les divisions de l'année déterminées par des demi-cercles se coupant entre eux en douze parties ; une seconde, les cinq cercles, *Circulus*, qui partagent la terre en parties habitables ou non habitables ; la troisième, la plus bizarre de toutes, où sont déterminées les positions relatives des quatre éléments ; la quatrième, l'influence que ces éléments, *Mundus*, combinés avec les divisions de l'année, *Annus*, exercent sur les tempéraments divers, *Homo ;* la cinquième, les phases et lunaisons de l'astre des nuits ; la sixième, *de Positione septem Stellarum errantium*, la position des sept astres errants, à l'extérieur Saturne, puis Feton, Vesper, Sol, Lucifer, Mercurius, Luna et Terra au centre, avec le nombre d'années en dedans duquel ils étaient alors censés accomplir leur révolution ; la septième enfin offre la rose des vents.

Quelque intéressantes que soient ces figures, leur reproduction, qui n'entrait pas d'ailleurs dans mon cadre, m'eût mené trop loin, et j'ai dû m'en abstenir, d'autant plus que bientôt j'aurai l'occasion d'en trouver de plus curieuses encore dans une autre copie plus jeune du même livre de saint Isidore.

VIIe ou VIIIe SIÈCLE.

II.

MANUSCRIT N° 137.

(Planches 2 et 3).

Grand in-folio sur velin. *In Xpisti nomine, incipit liber Orosii presbyteri ad Augustum episcopum historiarum contra accusatores Xpistianorum.* Ce sont les sept livres de l'historien Paul Orose, disciple de saint Augustin, ouvrage que cet écrivain des plus anciens âges de notre ère composa, dans le vᵉ siècle, à la sollicitation et sur les plans du saint évêque d'Hippone, pour repousser les accusations des derniers payens prétendant que le Christianisme causait tous les malheurs dont l'Empire d'occident venait d'avoir à souffrir pendant l'invasion de l'Italie et le sac de Rome par Alaric, *raptor urbis.*

Ce manuscrit provient de la bibliothèque de la Chartreuse du Val-Saint-Pierre.

 PPARTENANT sans contredit au même type paléographique, sinon tout à fait à la même époque que celui que je viens d'étudier, à part le soin avec lequel il a été écrit et un peu plus d'habileté dans la main du copiste, c'est à peu près la même écriture demi-onciale, demi-expéditive. La plupart des capitales qui commencent les chapitres sont

Iʳᵉ Partie. — F. 4.

aussi formées de réunions d'oiseaux entre. eux (Planche 3), de poissons plus rarement, plus souvent d'oiseaux et de poissons, une fois ou deux de feuillages.

E que ce manuscrit renferme de plus intéressant, c'est le frontispice qui occupe tout le verso du premier feuillet. Le motif principal est une croix grecque à la réunion des branches de laquelle se voit l'Agneau divin, la tête environnée d'un nimbe crucifère, le ventre décoré d'un quatre-feuilles, et portant sur le côté de la tête ces mots : *Ecce agnus Dei*. Chacune des branches qui forment la croix se termine par un médaillon qui contient le buste d'un des quatre évangélistes, à la tête duquel le dessinateur a substitué celle de l'animal qui le symbolise : l'aigle au buste de saint Jean, le lion à celui de saint Marc, le bœuf à celui de saint Luc, l'ange à celui de saint Mathieu, et, de peur peut-être qu'on s'y trompe, tant ces représentations d'animaux sont barbares, les noms des évangélistes sont tracés en latin et en lettres dont la plupart sont effacées. L'intérieur des montants de la croix est décoré de fleurons affectant la forme de cœurs ; le cœur joue un grand rôle dans les illustrations de la calligraphie de cette époque.

Dans les deux tympans du haut se lisent en abréviations les deux noms (1) du sauveur des hommes, XPI (Christus), IHV (Jesus).

Les deux tympans inférieurs contiennent, l'un deux poissons suspendus par la tête à une chaîne qui tombe des bras transversaux de la croix ; l'autre deux oiseaux affrontés réunis par la queue et aussi suspendus à une chaîne. Il y a là un problème de ce symbolisme iconographique dont les premiers siècles du

---

(1) Les lettres des deux monogrammes de ce frontispice ressemblent à s'y méprendre à celles de plusieurs lignes de titre renfermées aussi dans un frontispice, ou page encadrée, formant le premier feuillet d'un Commentaire de saint Jérome sur Ezéchiel, manuscrit de la première moitié du VIIIᵉ siècle, qui appartenait à l'abbaye de Corbie et forme, à la Bibliothèque impériale, le nº 216 de l'ancien fonds latin de Saint-Germain.

Pl 2. IIIᵉ Siècle. II . 1 .

Christianisme ont prodigué les exemples et dont il faut tenir compte lorsque ses manifestations sont sérieuses. Le poisson mystique, suspendu immédiatement au-dessous du nom du fils de Dieu, est là pour rappeler, évidemment, par le mot grec *IXTVS*, les initiales de la phrase grecque aussi qui signifie Jésus-Christ, fils de Dieu, sauveur : IESOVS XRISTOS THEOV VIOS SOTER, *Jesus-Christus, dei filius, salvator*. Le poisson, qu'on trouve souvent gravé sur les bagues, les cachets, les lampes et urnes funéraires des quatre ou cinq premiers siècles chrétiens, rappelle les eaux du baptême où les fidèles se régénèrent et acquièrent la vie spirituelle de la grâce, comme le poisson est engendré dans l'eau et ne peut vivre hors de cet élément (1). Mais que sont les deux oiseaux ? Sont-ce les deux colombes dont saint Paulin, dans son épître à Sévère, disait :

> *Quæque super signum resident celestæ colombæ,*
> *Simplicibus produnt regna patere Dei.*

Sont-elles, avec le mot *IESVS* abrévié, la représentation de la douceur et de l'innocence du Dieu mort sur la croix ? Symbolisent-elles les âmes de ceux qui ont souffert et triomphé par lui, comme dans cette phrase de Tertullien qui pourrait s'appliquer parfaitement, semble-t-il, au frontispice de notre manuscrit d'Orose : « Il y a une chair particulière aux poissons, c'est-à-dire à ceux qui » ont été régénérés par le baptême ; mais il y en a une propre aux oiseaux, » c'est-à-dire aux martyrs ? » Tantôt symbole d'innocence, tantôt représentation du Saint-Esprit, la colombe est ici parfaitement en place, quel que soit le sens qu'elle représente.

Faut-il admettre avec M. Darcel (2) que la réunion de ces poissons constitue l'Alpha, et celle des oiseaux l'Omega qui accompagnent presque toujours la croix dans ces époques reculées ? C'est ingénieux et possible, bien que la dernière grande lettre de l'alphabet grec soit mal représentée par l'accouplement des oiseaux, puisque l'Omega s'ouvre par son extrémité inférieure et non par en haut,

---

(1) Les Bénédictins.
(2) *Gazette des Beaux-Arts*, livraison de mai 1863.

et que le dessinateur eût pu facilement le montrer dans sa forme ordinaire au lieu de le renverser, et ici le dessinateur ayant employé l'ALPHA majuscule devait employer l'OMÉGA majuscule aussi et non le minuscule qui seul s'ouvre par en haut.

Ce problème de symbolisme, nous le posons et n'essayons pas de le résoudre, pas plus que nous n'entrevoyons la signification, et il y en a une, qu'on en soit sûr, de ces animaux fantastiques, tous à la mine féroce, ours, tigres, panthères, taureaux ou autres que nous ne prétendons pas reconnaître, qui galopent ou sont accroupis dans le cadre enfermant la croix à branches égales. Peut-être le peintre naïf des temps mérovingiens a-t-il voulu, par opposition aux types sacrés du Christianisme, figurer là le type pervers et odieux du Paganisme qui, au temps d'Orose, agonisait en luttant et rodait autour du troupeau des fidèles, *quærens quem devoret*, de ces payens contre les accusations injustes et désespérées desquels le disciple de saint Augustin écrivait ses Histoires dont les siècles suivants multiplièrent à l'envi les exemplaires.

Le style de ce frontispice que je reproduis en fac-similé (Pl. 2), est brutal, incorrect. Il peint son époque, des tendances artistiques de laquelle il donne une idée suffisante. Le trait est dessiné à l'encre noire; le vermillon, le brun, le vert et le jaune sont les seules couleurs dont l'artiste se soit servi.

Un P majuscule (Pl. 3) commence la dédicace d'Orose à son maître. Le montant de cette grande lettre, décoré de marqueterie, s'ajuste à un oiseau, sorte de perroquet multicolore, pour former cette initiale qui, sous un grand titre de capitales polychromes, borde les deux tiers d'une page in-folio. C'est un type que les siècles suivants s'approprieront en en modifiant seulement les détails (1).

Chacun des sept livres d'Orose débute par une majuscule : un N dont les deux principaux jambages ichtyomorphiques sont rattachés par un oiseau, la tête en bas ; un E formé par deux oiseaux se réunissant au centre par la tête, et des cœurs se soudant l'un dans l'autre, appendice médial qui différencie l'E du C ; un D où un oiseau se marie à un poisson ; un A dessiné par deux oiseaux réunis

(1) Je trouve dans les Commentaires de saint Jérome sur Ezéchiel, provenant de l'abbaye de Corbie (2ᵉ moitié du VIIIᵉ siècle), un P majuscule tout à fait semblable à celui de ma Planche 3.

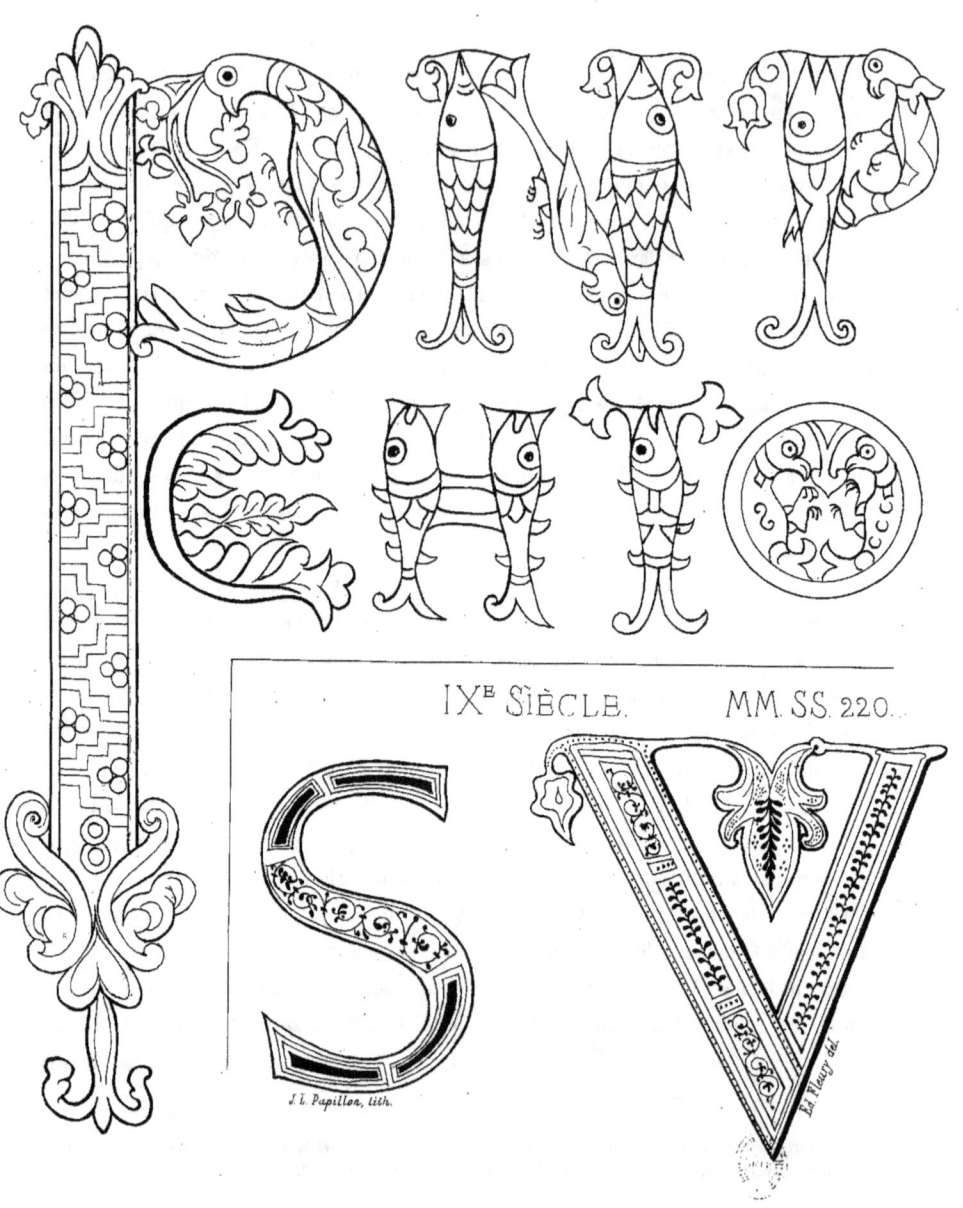

IXE SIÈCLE.   MM. SS. 220.

J.L. Papillon, lith.   Ed. Fleury del.

BIBLIOTHÈQUE DE LAON.

au centre par les pattes ; un autre A où deux poissons se touchent par les nageoires ; un autre E de feuillages ; un O qui enferme deux oiseaux tenant un cœur ; deux T où l'on voit un poisson porter transversalement un rameau (1).

Parfois, les chapitres commencent par des initiales linéaires et de couleur aussi, vert, brun, rouge, jaune et noir. Le bleu manque absolument. Quoique déjà plus vives et mieux préparées que sur le manuscrit 423, les couleurs prenaient mal et glissaient sur le velin graisseux.

L'encre a passé aussi comme sur le manuscrit 423. Du noir elle a tourné au brun. L'écrivain a multiplié ses effets. Dans la table des chapitres dont il a fait précéder son texte, il s'est servi d'encres verte, blanche, jaune (2), rougeâtre, vermillon, non-seulement dans ses titres, mais dans les lignes courantes. La brune a presque disparu, ainsi que la jaune ; la verte a conservé plus d'intensité ; le vermillon a peu de corps et trop de transparence.

A la fin de la préface, il est bon de signaler une de ces difficultés paléographiques de plume comme l'antiquité et le moyen-âge en fournissent un certain nombre. L'écrivain a dessiné une croix à l'aide de trente-deux lignes alternativement vertes et rouges, dont huit courtes en haut, sept longues au centre, et dix-sept courtes pour la partie inférieure de la croix, toutes en pure onciale.

---

(1) Ce sont ces capitales à figures d'oiseaux et de poissons que les uns ont appelées du titre générique de Lombardiennes, d'autres Wisigothiques.

Le grand O de ma Planche 3, qui renferme deux oiseaux affrontés, rappelle à s'y méprendre, pour la dimension et la tournure, un O semblable des Extraits de saint Augustin par l'abbé Eugippe, manuscrit de la seconde moitié du VIIe siècle. (Voir note 1re à la page 6).

L'initiale E phyllomorphique (Pl. 3) a aussi son équivalent exact dans un E feuillagé de la Bible latine de Saint-Martial de Limoges (Bibl. Imp.), écrite, celle-là, au Xe siècle ; mais plus d'une fois nous rencontrerons des exemples de ces emprunts fait par un siècle à un siècle antérieur, et l'E de la Bible de Limoges n'autorise pas à douter de l'antériorité de l'E des Histoires d'Orose de la Bibliothèque de Laon.

Un autre manuscrit de la fin du VIIIe siècle, l'Hexameron de saint Ambroise d'après saint Basile (Bib. Imp. no 203 de l'ancien fonds latin), me fournit encore de nombreux exemples de ces lettres avec accouplements bizarres et qui vont disparaître à toujours.

(2) Les Bénédictins signalaient aussi dans les manuscrits de ces âges antiques l'usage des encres de couleurs diverses. L'emploi de l'encre jaune qui ne tranche pas assez sur le velin les a frappés ; mais ils font remarquer qu'elle n'apparaît qu'excessivement rarement. (Nouveau Traité de Diplomatique, 1er vol)

IXe SIÈCLE.

III.

MANUSCRITS
Nᵒˢ 38, 97, 121, 299, 328.

(PLANCHE 4.)

J'inscris ces cinq manuscrits sous la même rubrique, parce que leurs grandes lettres procèdent toutes du même style. M. Ravaisson veut qu'ils appartiennent tous les cinq au ixe siècle. Il faudrait peut-être ajouter : aux premières années du ixe siècle, car les *capitulaires* semblables à celles qui les décorent n'apparaissent plus dès que l'influence de la renaissance carlovingienne se fait sentir décidément, c'est-à-dire après la mort du chef de la dynastie, ou mieux encore sous le règne de ses premiers prédécesseurs. De telle sorte qu'il est bien difficile de se décider entre la fin du viiie siècle ou les débuts du ixe.

Ce qu'on peut affirmer de plus certain, c'est que cette famille de majuscules resta dans l'usage depuis le viie siècle qui nous en a donné de nombreux exemples dans mes Planches 1re et 3e, jusqu'au moment où le dessin et le goût commencèrent à s'épurer et se modifièrent si sensiblement vers la fin du règne de Charlemagne. On les reprendra à la fin du xe siècle, à une époque où les évènements et les malheurs de la politique auront fait reculer la civilisation et l'art.

Il est une remarque à faire à propos de ces initiales ornées : c'est que celles que je tire des cinq manuscrits 38, 97, 121, 299 et 328, ont des équivalents exacts comme forme, comme tournure et comme couleur, même comme taille, dans plusieurs manuscrits des viie et viiie siècles, étudiés déjà par les paléographes (1). Les copistes d'alors semblent donc avoir répudié toute invention, ne vouloir s'avancer que dans un parti-pris. Ils se copient, je ne dirai pas consciencieusement, mais servilement. On dirait qu'ils ne possèdent qu'un ponsif pour eux tous, que le dessin créateur du genre n'a plus été que calqué indéfiniment et longtemps.

On comprend l'uniformité du type aux xie et xiie siècles, lorsque l'art du moyen-âge, pour exprimer l'idée de la divinité par l'emploi de la figure humaine, se fera sincèrement hiératique, quand il croira que le principe réside essentiellement dans la forme. Pour représenter certains symboles et certaines personnalités, la sculpture et le dessin affecteront alors un système à peu près aussi absolu que celui qu'adoptèrent jadis les arts plastiques de l'Egypte et de l'Inde. Ici cependant, les nécessités n'étaient plus les mêmes ; le symbole n'avait pas besoin de se cacher sous les obscurités de la ligne, car c'est tout bonnement un genre et une mode qui prédominent, et ce genre manque tout à fait de variété. Il n'a pas d'imagination. Ce qu'un artiste a fait, l'autre l'imite.

C'est ce qui explique peut-être comment si peu de manuscrits des derniers temps mérovingiens et même d'une partie du ixe siècle sont ornés de majuscules illustrées et peintes. Ne se sentant ni verve, ni puissance de création, les calligraphes prirent le parti de s'abstenir. M. Ravaisson compte, dans la Bibliothèque de Laon, cinquante-huit manuscrits du ixe siècle, et dix ou douze seulement m'ont offert à glaner, et encore assez pauvrement. Je mets à part un bel Evangéliaire sur lequel je m'étendrai très au long. Sur six manuscrits du viiie siècle, il n'y en avait qu'un d'illustré, le n° 137 qui a été tout à l'heure l'objet d'une étude assez développée. Les Bénédictins avaient déjà constaté cette indigence de l'illustration, quand ils écrivaient : « En général, la rareté des lettres historiées dans les manuscrits » est en proportion avec leur antiquité. »

_____

(1) Bib. Imp., manus. S I. 626; A.F. 221, 2110, 2706 et 2769. — M. de Bastard, *passim.* — MOYEN-AGE ET RENAISSANCE, *Miniatures des Manuscrits*, plusieurs planches.

Un autre des caractères des livres de cet âge, c'est presque, sans exception, d'aller d'un bout à l'autre tout d'un trait, sans blanc, sans alinéas, sans coupure, sans temps d'arrêt, presque toujours sur la justification d'une seule colonne, ce qui engendre la monotonie et la fatigue.

Ayant ainsi formulé ma pensée sur l'ornementation générale de ces manuscrits, je ne donnerai que de sommaires renseignements sur chacun d'eux, sentant le besoin de parler plus amplement de leur origine.

I.

Manuscrit n° 38.

In-folio sur velin. *S. Hieronimi expositio in quinque prophetas, Joël, Jonas, Michœum, Naüm et Abacuc.* Provient de Notre-Dame de Laon.

Un Q, un P câblés, et un M dont le ménechme se trouve dans le *Sacramentaire de Gellone*, viiie siècle (Bib. Imp.), ce livre que les Bénédictins appellent « un insigne manuscrit (1), » ce sont là les seules majuscules de ce manuscrit que les chanoines de la cathédrale de Laon durent à la générosité de deux de leurs collègues. On lit, en effet, sur un feuillet de garde cette mention que portent d'autres livres (2) du ixe siècle encore, de la Bibliothèque de Laon : « *Istum librum dederunt Bernardus et Adelelmus Deo et S. Mariœ Laudunensis ecclesiœ. Si quis abstulerit, offensionem Dei et S. Mariœ incurrat.*

Que sont réellement ce Bernard et cet Adelelme dont les noms apparaissent sur les gardes de huit des manuscrits de la collection de Notre-Dame, c'est-à-dire du chapitre des chanoines de la cathédrale de Laon, tous les huit appartenant au ixe siècle, je le répète, et tous contenant la même mention de donation avec cette seule variante que porte le n° 265 : « *libellum* » à la place de « *librum* » ?

M. Ravaisson pense que ces noms sont ceux de deux des exécuteurs testamentaires qu'il voit figurer, en 877, dans le testament dicté par Charles-le-Chauve

---

(1) *Nouveau Traité de Diplomatique*, t. 11.
(2) Manus. n°ˢ 32, 136, 265, 273, 298, 444, 464 et 468.

à Quierzy, *Capitulare Caroli Calvi, apud Carisiacum, anno 877.* A l'article 13, en effet, l'on voit figurer « *Bernardus Comes,* » et « *Adelelmus comes,* » chargés, avec d'autres grands personnages, l'archevêque Hincmar de Reims, les évêques Franco et Odo, l'abbé Gauzlin, les comtes Conrad et Arnould, de recueillir les livres délaissés par le roi après sa mort, et de les partager entre son fils Louis-le-Bègue, l'abbaye de Saint-Denis et l'église Sainte-Marie de Compiègne. L'église Sainte-Marie de Laon n'est pas nommée comme donataire ; comment admettre que les comtes Bernard et Adelelme l'auraient enrichie des livres que le roi Charles-le-Chauve avait légués avec des destinations spéciales et tout autres ? M. Ravaisson suppose que Louis-le-Bègue, « moins lettré et moins curieux de » livres que son père, abandonna son lot, en totalité ou en partie, à ses deux » conseillers et que, dès-lors, ceux-ci purent légitimement en faire présent à une » des métropoles les plus illustres du siècle. »

Tout à l'heure, je penchais à croire que l'*Adelelmus* et le *Bernardus* de *l'ex-dono* dont je rapporte le texte plus haut, sont tout simplement deux chanoines du chapitre de la cathédrale de Laon. M. Ravaisson n'admet pas cette hypothèse ; pour lui ce ne sont pas des clercs, « d'abord, parce qu'on n'eût pas manqué de » joindre leurs titres à leurs noms, comme nous venons de voir qu'on l'avait fait, » dans le même temps, pour l'évêque Didon » qui, lui aussi, donna des livres à sa cathédrale, je vais le montrer tout à l'heure. « En second lieu, » continue M. Ravaisson, « un clerc n'aurait pu faire un semblable présent qu'à l'église ou » au couvent auxquels il eût lui-même appartenu ; or, nous ne voyons pas figurer, » à cette époque, les noms de Bernard et d'Adelelme parmi ceux des dignitaires » de la cathédrale de Laon, ni des différents monastères du diocèse. »

Quel que soit mon respect pour la vaste érudition dont M. Ravaisson a fait preuve dans la rédaction du *Catalogue des Manuscrits* de la Bibliothèque de Laon et de l'*Avertissement* qu'il y a joint, je ne puis accepter son raisonnement, ni dans l'une ni dans l'autre de ses parties.

Au nom du donateur Dido le conservateur de la bibliothèque de la cathédrale de Laon a toujours ajouté son titre « *Dido episcopus,* » dit-on. C'est vrai ; mais ce n'étaient pas de si minces compagnons que les conseillers Bernard et Adelelme, pour qu'on eût pu oublier d'inscrire sur l'acte de mention de leurs générosités leur qualité de comte « *comes*, » que le testament de Quierzy s'est bien gardé d'omettre, puisqu'il répète ce mot trois fois. Au contraire, on dut considérer les donateurs, s'ils étaient chanoines, comme si connus qu'il n'était pas nécessaire de faire mémoire de leurs fonctions.

E ne sache pas, en second lieu, qu'on possède pour cette époque des listes nominales et exactes soit du chapitre de Notre-Dame de Laon, soit du clergé des autres communautés religieuses du diocèse ; mais ce qu'on ne peut contester, c'est la liste des évêques de Laon. On la connaît ; plusieurs auteurs l'ont donnée plus ou moins complète. Or, sur toutes ces éditions je trouve le nom d'*Adelelmus*, trente-troisième évêque selon dom Wiard *(Histoire de l'abbaye de St-Vincent de Laon)*, vingt-septième seulement suivant M. Melleville *(Histoire de Laon*, t. II, livre VIII, p. 30). Ce prélat fut nommé en 921 à la place de Radulphus (Raoul) qui venait de mourir, et il décéda lui-même en 930, laissant son siège à son neveu Gozbertus. Avant d'être évêque, Adelelme faisait partie du chapitre de Notre-Dame de Laon au double titre de chanoine et de trésorier. Pour moi, c'est évidemment un des deux donateurs dont le velin du IXe siècle nous a conservé le souvenir et qui, dans son amour pour les lettres, se montra par ses largesses intelligentes le digne successeur de Dido dont je m'occuperai plus en détail tout à l'heure. C'est plus simple que l'hypothèse de M. Ravaisson, et ce doit être plus conforme à la vérité.

Quant à Bernard, le second donateur, je ne sais absolument rien de lui ; mais de la qualité d'*Adelelmus* je conclus sans crainte aux fonctions de *Bernardus*.

J'aurai plus tard l'occasion de montrer un chanoine de Notre-Dame de Laon, Adam de Courlandon, enrichissant aussi de ses œuvres la bibliothèque commune au commencement du XIIIe siècle, « *iste liber est Adæ de Cortlandon*, » et son titre n'apparaît pas. Au XIVe siècle, un autre chanoine encore de Notre-Dame, nommé Casse, se distinguera par ses libéralités envers la collection savante de ses collègues. Ce que fit l'évêque Dido, ce que deux chanoines feront plus tard, pourquoi deux de leurs prédécesseurs ne l'eussent-ils pas fait dans la même pensée de bonne confraternité ?

Evidemment, c'est par les dons de ses prêtres et de ses dignitaires que l'église de Laon put réunir une collection si riche, une si opulente « *librairie*, » pour parler la langue du xive siècle, que, sur les 508 à 510 manuscrits (1) qui composent en ce moment la bibliothèque communale de Laon, Notre-Dame entre pour 273, c'est-à-dire presque pour les deux tiers, contre l'abbaye de Vauclerc avec 79, celle de Cuissy avec 62, St-Vincent de Laon avec 40, la Chartreuse du Val-St-Pierre (près Vervins) avec 15, St-Jean de Laon avec 8, Foigny avec 3, Prémontré avec 3, les Minimes de Laon avec 1 et l'abbaye de La Valroy (Ardennes) avec 1 aussi (2).

II.

MANUSCRIT Nº 97.

In-quarto sur velin. *Aurelii Augustini episcopi de consensû evangelistarum incipit liber*. Provient de Notre-Dame de Laon.

Sans transition et avec un remarquable à-propos, l'ordre des chiffres m'appelle à montrer comment, dans ce siècle, la générosité d'un des chefs du clergé laonnois et son amour des lettres et de la science avaient commencé peut-être et pour sûr augmenté la collection de la cathédrale de Laon.

Ce manuscrit porte, toujours sur une garde et en écriture du temps, cette mention que cinq autres manuscrits de la même Bibliothèque et de la même époque, les nos 122, 135, 199, 342 et 428, offrent à mon attention avec de légères variantes : « *Hunc librum* (manusc. 122, *libellum*) *dedit dominus Dido episcopus*

---

(1) En apparence la Bibliothèque de Laon n'a que 477 manuscrits ; mais plusieurs numéros sont bissés.
(2) Dix-huit sont de provenance inconnue.
Cinq proviennent des dons plus ou moins récents de particuliers tous appartenant à la ville de Laon, comme le maréchal Sérurier, M. de Vismes, auteur d'une *Histoire de Laon* très estimée, M. Cambronne, M. Talon, avocat.
Si la Bibliothèque de l'abbaye de Prémontré ne figure que pour trois manuscrits, c'est que son fonds a été versé par erreur, pendant la révolution, à la Bibliothèque de Soissons, quand il revenait de droit, aux termes du décret sur la matière, à la Bibliothèque de Laon, puisque Prémontré se trouvait dans le district de Chauny plus tard annexé à celui de Laon.

Pl. 4.   IXᵉ Siècle.   MSS. 38, 97, 107, 121, 299, 328 et 447.

Ed. Fleury del.   J.L.Papillon, lith.

BIBLIOTHÈQUE DE LAON.

» *Deo et S. Mariæ. Si quis abstulerit, offensionem* (manusc. 135, *offensam*) *Dei et*
» *S. Mariæ* (manusc. 135, *ejusdem genitricis*) *incurrat.* »

Dido était le trentième évêque de Laon suivant dom Wiard, le vingt-cinquième selon M. Melleville. Elu en 882, il mourut en 892. Ce que jusqu'ici l'on savait mieux de lui, c'étaient ses efforts pour réparer les maux causés dans son diocèse par les incursions des Normands. Maintenant il faut ajouter à sa biographie le témoignage que les *ex-dono* des six manuscrits timbrés à son nom portent hautement de son intelligence libérale, dans le double sens de ce dernier mot.

Est-ce à dire que la date de son épiscopat donne exactement celle des manuscrits dont il dota son église? Non-seulement je ne le pense pas, mais j'affirme, avec leurs majuscules ornées et leurs équivalents connus, qu'ils étaient écrits depuis bien longtemps, près d'un siècle peut-être, lorsque Dido s'en sépara. De même que les initiales du manuscrit 38 d'Adelelme sont contemporaines de celles du *Sacramentaire de Gellone*, ou ont été enfantées par ces dernières plus ou moins immédiatement, de même le grand P du manuscrit 97 de Dido se retrouve dans les alphabets consacrés par les Bénédictins aux exemples du style anglo-saxon (VIIIᵉ siècle), style où fourmillent l'entrelacs, la *chaînette* des Bénédictins, (97), les cœurs (38), les têtes de gouivres qui se retournent et se menacent de leurs dards (97).

III.

Manuscrit nº 121.

Recueil. In-folio sur velin. Plusieurs extraits de saint Ephrem. Provient de Notre-Dame de Laon.

'ALPHABET antophylloéïde des Bénédictins me fournit, je ne puis que le répéter encore, des exemples si ressemblants à l'A, au C et au grand Q à appendice fleuri reproduits sur ma Planche 4, que l'attribution de ces trois lettres est facile; elles sont sœurs de celles des manuscrits 38 et 97, et datent ou de la fin du VIIIᵉ siècle, ou du commencement du IXᵉ siècle au plus tard.

IV.

MANUSCRIT N° 299.

In-folio sur velin. *Incipit liber homeliarum Origeni Adamanti in libro Regum*, etc. Provient de Notre-Dame de Laon.

Mêmes remarques, tous ces exemples ne faisant que se corroborer entre eux.

V.

MANUSCRIT N° 328.

RECUÉIL. In-quarto sur velin. *Cassiani institutiones*, etc. Provient de Notre-Dame de Laon.

Ce sont encore des initiales phyllomorphiques, cette fois mieux dessinées, d'un jet un peu plus hardi, probablement un peu plus jeunes, ou provenant d'une plume plus habile. Le D dont la panse enferme des feuillages, l'S formé de deux C superposés à contre-sens, le Q dont l'intérieur offre comme un nimbe crucifère, annoncent plus de goût, sinon plus d'imagination. Les auteurs peuvent, à leur gré, nommer ces lettres Wisigothiques, Anglo-Saxonnes, Lombardiennes, etc. ; elles appartiennent à tous les peuples qui se les sont appropriées et repassées l'un à l'autre pendant longtemps.

Nous savons les noms de deux prélats laonnois qui ont possédé ces vieux témoins de la calligraphie sous nos rois de la première race. Où ont-ils été écrits ? L'ont-ils été sur place, dans celles de nos abbayes qui existaient déjà dès le vi⁶ siècle, comme Saint-Vincent de Laon par exemple, dont la *librairie*, au temps de l'invasion anglaise, était si exagérement nombreuse qu'elle avait dû, sans nul doute, se former en grande partie des livres écrits par ses religieux ? « Avant l'ère de Charlemagne, » dit M. Durieux (1) qui s'appuie sur une affirmation

(1) *Mémoires de la Société d'Emulation de Cambrai*, tome XVII, 1re partie, article sur les *Miniatures des Manuscrits de la Bibliothèque de Cambrai*, p. 247.

de M. Le Glay (1), « une librairie et une école épiscopales, où nos évêques ne
» dédaignaient pas d'instruire eux-mêmes leurs jeunes élèves, existaient déjà à
» Cambrai. » Je ne suis pas assez heureux pour en dire autant en ce qui regarde
le diocèse de Laon. L'église de Laon, qui compta parmi ses évêques tant de
personnages illustres, riches, puissants et influents, ne dut cependant le céder
en rien, comme progrès surtout, à celles qui pensèrent et travaillèrent près d'elle,
comme Cambrai.

Si nous voyons les évêques d'Allemagne ordonner que l'art d'illustrer les manuscrits soit enseigné dans les grands monastères de leurs diocèses, pourquoi Dido,
de Laon, pourquoi Adelelme qui aimaient et collectionnaient les beaux livres,
n'auraient-ils pas ou suivi cet exemple intelligent, ou même, prenant l'initiative,
créé ces habitudes, cette mode qui nous ont dotés de chefs-d'œuvres si nombreux,
même après toutes les causes de ruine et de destruction qui ont pu s'accumuler
pendant neuf siècles? Admettons donc seulement comme probable que des calligraphes et des chrysographes travaillèrent, je le répète, dans la vaste abbaye de
Saint-Vincent de Laon. Je pourrais dire : admettons cette certitude ; mais je veux
m'appuyer seulement sur des preuves authentiques et affirmer avec sécurité.
Il me faudra donc, en l'absence de tout monument, attendre jusqu'au milieu du
xiie siècle pour voir à l'œuvre les copistes et les imagiers de deux de nos grands
monastères, Cuissy et Vauclerc, et je ne cite que ceux d'où me sont parvenus
des renseignements à peu près authentiques.

(1) *Mémoires sur les Bibliothèques publiques et les principales Bibliothèques particulières du département du Nord*, p. 71.

IV.

MANUSCRIT N° 422.

(PLANCHE 5.)

RECUEIL. In-folio sur velin. *Isidori hispalensis Tractatus de Naturâ*, etc.

Reliure en bois, tout à fait dépouillée de sa couverture de peau.

C'est une copie, beaucoup plus récente que celle dont j'ai traité au chapitre 1er, du livre de l'évêque Isidore de Séville. Comme l'autre aussi, ce manuscrit faisait partie de la collection du chapitre de Notre-Dame de Laon.

Son écriture ne peut avec certitude être attribuée bien précisément à la fin du viiie ou au commencement du ixe siècle. M. Ravaisson refuse avec raison de se prononcer. C'est donc encore là un de ces monuments de transition, comme je viens déjà d'en signaler plusieurs. L'influence d'un siècle se fait sentir sur l'autre, quelquefois sur plusieurs autres.

L n'est décoré, comme la plupart des manuscrits des viiie et ixe siècle, d'aucune majuscule ou initiale importante et n'offre d'autre lettre ornée que l'I qui commence ce paragraphe et n'est tracé qu'à l'encre ; mais il mérite l'attention par les figures à l'aide desquelles le copiste a voulu rendre intelligibles pour tous les idées de l'auteur sur certaines des matières qu'il avait à exposer. Je trouve d'abord un tableau des mois, une réjouissante rose des vents que je reproduis en fac-similé (Pl. 5), une autre rose des saisons, un tableau, comme au manuscrit 423, et où sont dessinées les parties habitables et non habitables de notre globe terrestre, etc., etc. Dans le chapitre *de Incremento solis et Decremento*, une figure triangulaire, sur les

Pl. 5   IXᵉ Siècle.   MS. 422.

Ed. Fleury del.   Papillon lith.

BIBLIOTHÈQUE DE LAON.

côtés de laquelle sont posés, comme des degrés et les uns au-dessus des autres, à droite les mois où les jours croissent, et à gauche ceux de la décroissance, nous indique comment le Soleil, dans le système de Ptolémée, accomplissait son voyage au-dessus de la Terre représentée comme formant la corde du triangle : *Ascendit per sex gradus in centrum Cœli, et iterum descendit per aliös sex gradus in centrum Terræ.*

Au chapitre des constellations, je trouve aussi représentées, à l'aide de figures assez barbares, mais qui ne manquent pas de mouvement (Pl. 5), les personnages fabuleux ou les animaux qui ont donné, dès l'antiquité, leur nom aux principaux groupes d'étoiles dont le nombre et la configuration attirèrent constamment l'attention des astronomes. *Perseus* est vraiment bien campé et, comme homme, au point de vue de l'esthétique et de la statuaire, vaut cent fois l'*Andromedès* dont les formes ont dû peu le tenter. *Leo* ne manque pas de tournure, et l'*Hydre de Lerne* a dû trembler de terreur en voyant *Erculus* accourir en se fendant à fond. Je dois signaler en passant l'étrange ressemblance comme dessin, comme mouvement, de *Perseus* et d'*Erculus* avec certaines figures de la mosaïque romaine des *Jeux du Cirque* trouvée à Reims à la fin de 1860. *Leo* a la tournure aussi de certains animaux de ce beau débris de l'art romain. Dans la pose exagérée de Persée et d'Hercule on ne peut nier l'influence, affaiblie et qui va disparaître, des souvenirs de la statuaire antique.

C'est que le viie et le viiie siècles ont des tendances bien marquées à tourner leurs études vers le passé romain, vers ce passé qu'aujourd'hui nous appellons classique. C'est une passion poussée si loin chez le clergé que les novateurs, ceux qui voulaient, avec raison peut-être, que chaque âge ait son art, faisaient un crime à l'archevêque de Trèves Richtbold de trop aimer Virgile (1).

Dans le paragraphe qu'il consacre aux miniatures des manuscrits du ixe siècle, M. Durieux dit aussi : « On trouve, dans les vêtements, un faible souvenir des draperies antiques. On voit dans les monuments une réminiscence de l'art romain » (2).

(1) *Histoire littéraire de la France*, t. 4, p. 228.
(2) *Mémoires de la Société d'Emulation de Cambrai*, t. 27, 1re partie.

V.

MANUSCRIT N° 199.

(Planche 6).

Petit in-folio sur velin. *Canones concilii quarti Lateranensis*. Vient de Vauclerc.

Avant d'arriver à la belle écriture à main posée à laquelle on a donné le nom de « Caroline » pour honorer le souvenir du grand souverain qui restaura les lettres en France, et probablement, pour être plus dans le vrai, des premiers successeurs de Charlemagne, nous devons passer, avec ce livre, par une écriture plus prompte, moins soignée et sur laquelle je ne m'arrêterai pas, en ayant déjà indiqué les principaux caractères.

Ce qui nous intéresse, c'est la naissance de la lettre dracontine dans deux initiales, l'une un grand P qui commence la première page du livre, l'autre un petit D (1) plus simple par lequel débute un chapitre à quelques feuillets plus loin. Les couleurs, brun foncé, lilas, vert, jaune et rouge, sont plus éclatantes ; mais voilà la main du dessinateur qui crée ces chimères dont les modèles variés vont orner et égayer les pages des manuscrits restées trop sévères pendant plus

---

(1) Le D à tête d'oiseau et ponctué du manuscrit 199 a son équivalent absolu, peint en or sur velin pourpre, dans la *Bible de Rohan* (Bib. Imp., n° 688 du supplément de l'ancien fonds latin), fin du viiie siècle.

Quant au grand P, il a son frère jumeau dans la Bible dite de *St-Denis* (Bib. Imp.), et qui a appartenu au roi Charles-le-Chauve, deuxième moitié du ixe siècle.

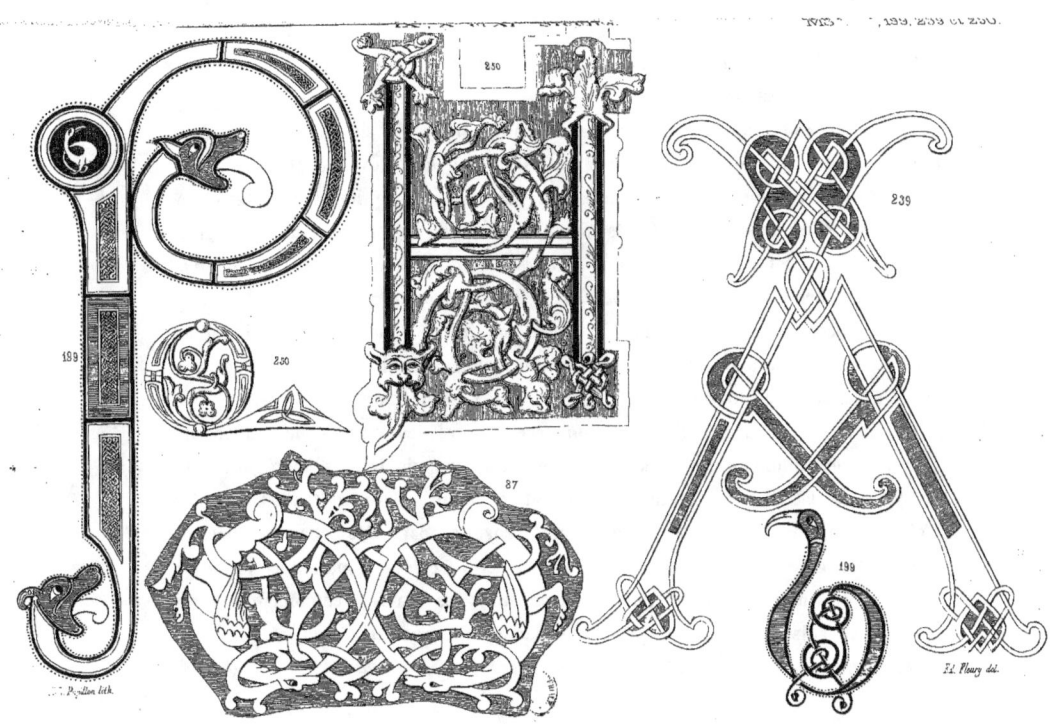

BIBLIOTHÈQUE DE LAON.

de trois siècles. A ce type nouveau du dragon avec lequel des plumes exercées vont se jouer dans des enroulements qui défient la flexibilité serpentine, on voit se joindre ces entrelacs que l'époque carlovingienne, à l'exemple des siècles précédents, affectionnait et employait avec tant de bonheur. Le pointillé arrive aussi et ajoute un agrément de plus (1).

Ce livre se recommande encore par deux mentions qui se trouvent écrites à sa première et à sa dernière page.

La première est une de ces constatations authentiques de vieillesse que j'ai déjà reproduites et qui nous apprenaient tout à l'heure que l'évêque Dido de Laon s'intéressait vivement à l'accroissement de la collection de livres appartenant à son église. Comme sur la note du manuscrit 97 (2), à côté de l'*ex-dono* figure la malédiction contre le voleur du livre, s'il s'en trouvait jamais : « *Si quis* » *abstulerit, iram Dei et ejusdem genitricis offensam occurrat.* »

Nous rencontrerons plus d'une fois l'anathème que le donateur, ou le bibliothé-caire, ou le calligraphe, prononce contre celui qui volerait son livre et que pour son offense il voue au courroux de Dieu et de sa sainte mère.

Ces menaces si solennellement prononcées contre les voleurs de manuscrits procèdent évidemment des imprécations en usage depuis la plus haute antiquité contre les violateurs de sépultures, imprécations dont on trouve tant d'exemples d'abord dans les diplômes mérovingiens, ensuite dans les chartes jusqu'au xiie siècle, enfin jusqu'au xve dans certains actes ecclésiastiques. Les formules les plus terribles de malédiction y foisonnent ; les clauses comminatoires s'y multiplient. Elles finissent par ces paroles sacramentelles : *Anathema sit*, ou bien, comme nous en verrons bientôt un exemple, par : *Fiat, fiat, fiat. Amen !....* (3)

---

(1) « Les lettres historiées anglo-saxonnes se distinguent des autres parce qu'elles aboutissent en têtes et en queues de serpents ; parce qu'elles sont bordées de points ; parce qu'elles paraissent dans leurs massifs garnies de perles ; parce qu'elles portent sur un fond soit rouge, bleu, jaune, soit mi-parti ou écartelé de ces couleurs. Ces lettres, terminées en têtes ou en queues de serpents, de dragons, de monstres, ou les représentant dans leurs massifs, ont été moins imitées des autres nations que les précédentes. Les treillages et les entortil-lements ont souvent lieu dans ces formes de lettres. » (LES BÉNÉDICTINS. *Nouveau Traité de Diplomatique.*)

(2) Voir à la page 26.

(3) Voici une autre formule d'anathème que je copie sur la garde du manuscrit 404 de la Bibliothèque de

La dernière page contient une formule de médecine contre tous les maux, une panacée souveraine, un de ces mélanges originaux où entraient tant de substances étonnées de se trouver ensemble : *Potio pigmentaria ad omnes infirmitates, Scamopna dr. (dragma) XII. — Euforbio dr. XII. — Alon sr. (similiter). — Amomaco V. — Grano mastice V — Costo V. — Cinnamo V. — Gingiber V. — Spico (simr.) similiter. — Cariofilo. — Peretro* (douteux). *— Zadoar. — Diptamus. — Bagos. — Corale. — Galenga. — Piper longum. — Piper nigrum. — Draganto. — Reupontico. — Carpara, radices similt (similiter). — Croco. — Ermodactila. — Aristolozia. — Mirra dr. VI. — Tus dr. VI. — Feniculum, semenciu (propè* passé*) calicem.*

Laon, *Chronique de Sigebert,* XIIᵉ siècle : « *Hic liber sancti Vincentii Laudunensis cenobii ; anno MCXXXVI scriptus est. Si quis illum quolibet ingenio ab ecclesiâ alienare voluerit, iram Dei et ipsius Sancti in tremendo judicio incurrat. Fiat, fiat, fiat. Amen !* »

VI.

MANUSCRIT N° 107.

(PLANCHE 4).

Petit in-folio sur velin. Traité de saint Ambroise de Milan sur l'Epitre de saint Paul aux Romains. *Incipit tractatus sancti Ambroisii episcopi mediolanensis. super epistolam beati Pauli apostoli ad Romanos.* Titre en onciales mêlées de capitales romaines. Ecriture minuscule du IXe siècle (1).

De la collection de Notre-Dame de Laon.

Ce manuscrit n'a qu'une grande lettre. Elle décore la première page du texte de la lettre de saint Paul aux Romains.

Elle ne continue pas seulement les traditions et le style du grand P du manuscrit 199 que je viens d'étudier, mais elle fournit un exemple remarquable de ces caractères ou plutôt de ces rébus monogrammatiques que ce siècle aimait et prodiguait dans ses manuscrits et ses diplômes, parfois sur ses sceaux et cachets. Le P de ma Planche 4 est essentiellement un monogramme en ce sens qu'il offre, selon la définition de M. Natalis de Wailly (2), l'assemblage de plusieurs lettres « *conjointes* et *entrelacées* de manière à ne former qu'un seul

---

(1) Voir l'exemple 2 de la planche 5 du *Traité de Paléog.*, commencement du IXe siècle. (Bib Imp., ancien fonds latin, n° 2440).

(2) *Traité de Paléog .* , t 1, part. III, chap. III.

» caractère dont les éléments, s'ils étaient isolés, représenteraient soit une
» portion, soit la totalité des lettres qui entrent dans la composition d'un ou
» plusieurs mots. » Le premier mot de l'épître du grand apôtre aux Romains,
Pavlvs (Paulus), est tout entier, en effet (1), dans cette initiale d'où l'on ne l'extrait
qu'après une certaine étude.

L'ensemble forme la lettre initiale P. L'A se trouve enfermé dans la panse
et se forme de la partie supérieure de la haste à l'entrelacs de laquelle s'unit,
en diagonale, un appendice allant de droite à gauche en descendant et orné de
grecques. Ce même appendice, avec un côté mince finissant en volute, forme le V.
La lettre L se reconnaît à l'extrémité recourbée de la majuscule. La haste de
cet L, qui est couronné d'un chapiteau à entrelacs, forme le second V avec le
montant du P à sa courbure, et l'S final se détache en noir sur la haste de l'L.
C'est plus complet qu'ingénieux, moins ingénieux que puéril.

Ce que j'ai dit des couleurs avec lesquelles est peint le P du manuscrit 199,
s'applique à celui-ci : brun, lilas, vert, jaune et rouge ou cinabre, d'un ton opaque
et peu agréable, d'une couche épaisse et sans transparence. Si ces deux majuscules ne sont pas nées sous la même main, elles procèdent de la même école
et appartiennent évidemment au même temps.

Sur une page qui est restée blanche à la fin du volume se trouve écrite d'une
encre beaucoup plus noire que le corps du manuscrit lui-même, car celle du
livre a jauni, mais d'un caractère qui n'est pas beaucoup plus jeune, cette
mention que M. Ravaisson n'a pas recueillie tout entière :

In nomine domini Hu. Xpi.

Adalo decano dûs benedicat.

Ericus sprisit (pour *scripsit*).

1 Magister. 1 Discipuli. Eric.

Istius didasculi matites (pour *matètai*, disciples) *sunt isti.*

---

(1) « Tantôt on reconnaît en elles » (les lettres historiées) « le génie antique qui a présidé à l'invention des
» lettres tironiennes et qui offre la signification de tout un mot dans les circonvolutions d'un seul caractère. »
M. Ferd Denis. *Hist. de l'Ornem. des Man.*, p. 46.

Gerold cantet invitatorium.		*Gunduinus primam* (sous-entendu *cantet*).	
Hoidilo Cantet,	I.	*Gisleboldus,*	II.
Bertoldus,	II.	*Rorico,*	III.
Frotulphus,	III.	*Raimboldus,*	IIII.
Tetboldus,	IIII.	*Etto,*	V.
Serilo,	V.	*Euracrus,*	VI.
Gerverus,	VI.	*Albertus,*	VII.
Bevo,	VII.	*Ausigisus,*	VIII.
Rainardus,	VIII.	*Rodulphus,*	VIIII.
Frodo,	VIIII.		

Si l'on admet avec M. Ravaisson que Eric, qui a tracé cette mention, était le maître *(didasculi)* de ces disciples *(matites)*, que c'était un prêtre enseignant la musique et que ses élèves se partageaient en deux chœurs dont l'un chantait l'invite *(invitatorium)* sous la direction de Gérold, et dont le second chantait prime *(primam)* ou peut-être la première partie avec son chef d'attaque Gunduin, a-t-on la même raison de croire que tous ces noms sont germaniques, comme le pense M. Ravaisson rappellant qu'un Héric *(Euracrus)* « fut le maître du » célèbre Eucbald, de St-Amand ? »

Les contrées du nord de la France ont été si souvent traversées par les barbares germains pendant quatre à cinq siècles, un si grand nombre de ces guerriers étrangers a dû s'y fixer et faire souche pendant ces longues séries d'invasions qui ne furent pas toujours l'occasion de luttes et d'hostilités, qu'il n'y a pas lieu de s'étonner qu'au commencement du ixe siècle les noms d'origine ou d'apparence germaniques aient survécu. Tout est germanique encore dans ces siècles : mœurs, costume, armes, bijoux. Les noms le sont bien encore au commencement du xiie siècle. Si ceux que nous a conservés la garde du manuscrit 107 ont une physionomie d'Outre-Rhin, c'est un souvenir de la conquête franque, et non, à mon avis, une attestation de l'influence de la science germanique au ixe siècle chez nous.

Un des seize disciples d'Eric s'appelle Rorico. Est-ce lui qui fut le trente-et-unième évêque de Laon (948-976) ? L'inscription de ce nom sur un des livres qui appartinrent à sa cathédrale autoriserait peut-être à le croire.

VII.

MANUSCRIT N° 220.

(Planche 3).

In-quarto sur velin. *Liber Amalarii de officiis ecclesiasticis*, tel est le titre qui termine une table de chapitres par laquelle débute le volume.

Provient de St-Vincent de Laon.

Au point de vue tout spécial de cette étude, ce manuscrit manquerait d'intérêt s'il ne contenait deux lettres majuscules ornées et peintes, un grand V et un grand S que je reproduis (Planche 3) (1). Avec de la tournure, du style, ces capitales nous annoncent déjà un très grand progrès dans l'art d'illustrer les manuscrits. On sent une meilleure école. C'est déjà un témoignage de l'influence opérée par la renaissance carlovingienne. Dans l'écriture magistrale et reposée des premières pages, ces deux lettres se dessinent majestueusement et préparent bien l'Evangéliaire, carlovingien aussi, auquel je vais tout à l'heure emprunter tant de beaux types de lettres ornées et d'encadrements. Je dois dès ce moment

---

(1) Le V de la planche 3 (man. 220) a son équivalent exact, du moins comme forme, sinon comme couleur, dans un V de la Bible de Charles-le-Chauve, écrite à St-Martin de Tours (milieu du IXe siècle). M. de Bastard donne à ces initiales illustrées le nom générique de *gallo-franques*.

faire remarquer que nous retrouverons dans les belles lettres peintes de l'Evangéliaire de Notre-Dame de Laon qui fera l'objet de mon prochain chapitre, les rinceaux élégants (voir les Planches 10 et 11) qui décorent l'S majuscule du manuscrit 220.

Ces deux initiales sont peintes de vert sombre d'un ton fâcheux, de jaune louche, de violet passé, de rouge opaque *(minium)*, et de gris lilacé gouaché de blanc, ce qui veut dire que la couleur ne répond pas encore au dessin et au trait. La plume est hardie et lourd le pinceau.

Les titres et petites capitales des alinéas sont peints de cinabre. Chaque alinéa est précédé d'une petite croix rouge sur la marge.

Jusqu'à présent, l'or a toujours manqué. Ce n'est point à dire que les calligraphes ne l'aient point encore employé. Je constate seulement son absence sur les enluminures des quelques manuscrits que j'ai déjà examinés. L'or va prendre, d'ailleurs, une éclatante revanche, et la chrysographie, perdue depuis les Romains, s'apprête à reparaître avec une perfection dont, malheureusement, elle reperdra bientôt les traditions et les recettes.

VIII.

MANUSCRIT N° 68.

(Planches 7, 8, 9, 10 et 11).

Petit in-folio sur velin. *Evangeliaire.*

Reliure en bois avec dos de velours moderne. La couverture antique manque. Doré sur tranche.

Commencement de la seconde moitié du ixe siècle.

Cet admirable manuscrit, qui est d'une excellente conservation, provient de Notre-Dame de Laon. Ce fut un des plus riches et des plus précieux joyaux de cette collection ; c'est la perle de la Bibliothèque de Laon.

L'onciale caroline offre là son type de perfection avec toute sa largeur et sa carrure majestueuse, soit sur les pages courantes, soit dans les dédicaces ou introductions où les lettres prennent plus de proportions encore, comme pour être digne du cadre dont ces pages exceptionnelles sont décorées.

Ce livre contient, dans ses 223 feuillets ou 446 pages, le commentaire de saint Jérôme sur les quatre évangiles, avec la préface de l'illustre écrivain sur le quatrième livre des évangiles, plus des lettres, les canons d'Eusèbe, etc., etc. Je vais, d'ailleurs, dans l'étude très-détaillée que je lui consacre, passer en revue chacune de ses parties, afin d'examiner à leur place et sans confusion ses illustrations, grands titres, titres de second ordre, majuscules ornées, grandes

Pl. 7.   IXᵉ Siècle.   MS. 63.

BIBLIOTHÈQUE DE LAON.

et petites, cadres, enfin tout ce qui fait de ce beau manuscrit un objet vraiment digne d'attention, son antiquité même mise à part.

I.

Incipit prœfatio sancti Hyeronimi presbyteri in Evangelio. Ce titre où l'on remarque les abréviations que cette époque affectionnait, ɪɴᴄ pour *incipit*, ᴘꜰᴛ pour *prœfatio*, sᴄɪ pour *sancti*, ᴘʀʙʀɪ pour *presbyteri*, ᴇᴠᴀɴɢʟᴏ avec l'L barré par le milieu pour *evangelio*, chaque abréviation surmontée d'ailleurs d'une mince barre horizontale ; ce titre, dis-je, qui tient tout le recto du premier feuillet, est écrit en capitales romaines un peu maigres et allongées, sans mélange d'onciale, ses cinq lignes alternativement or et vermillon. Il est enfermé dans un cadre formé de deux minces baguettes d'or entre lesquelles courent, sur les côtés montants à gauche et à droite, des rinceaux et un cablé bleu sur fond blanc, tandis que les côtés horizontaux sont piquetés d'étoiles blanches sur azur. Chacun des quatre côtés est partagé, juste au milieu, par un lozange d'or sur lequel se rajustent, à l'intérieur et à l'extérieur, des fleurages d'or. Aux quatre angles du cadre se voient aussi des fleurons d'or, le tout bordé d'un trait assez épais à l'encre rouge.

Au verso de ce premier feuillet se voit cette dédicace en onciales de fantaisie écrites à l'encre d'or (1) : *Beato papœ Damaso Hieronimus.* Le B est une grande capitale romaine. Le tout surmonte un large et grand N majuscule qui remplit le reste de la page (Pl. 7). Hardiment jetée, d'excellent style, cette lettre, décorée de rinceaux de feuillages délicatement agencés, forme le commencement du mot *Novvm* dont les quatre autres caractères sont enclavés entre l'appendice diagonal à fleurons et la haste droite de la majuscule. Les deux V accouplés, dont l'un prend la place de l'U, nous donnent un premier exemple de ces *lettres conjointes* dont je fournirai plusieurs spécimens dans l'étude sur le manuscrit 63.

---

(1) « Il n'existe qu'un petit nombre de manuscrits qui soient tout entiers écrits en lettres d'or ; mais souvent » cette encre précieuse a été employée pour tirer les premières pages, les titres, les initiales, les alinéas et les « passages remarquables. L'encre d'or a été particulièrement employée du ᴠɪɪɪᵉ au xᵉ siècle. » (M. Natalis de Vailly, *Eléments de Paléog.*)

42

Un oiseau empanaché et portant un rameau au bec, surmonte chacun des montants qui sont décorés, de même que l'appendice médial, d'une branche courante. L'or domine sur cette remarquable enluminure : le corps de l'N, les deux oiseaux, les rinceaux sont d'or sur fond d'un pourpre violet, de ce ton dont est peint tout le velin de certains manuscrits antiques (1) sur lesquels alors toutes les lettres sont tracées à l'encre d'or ou d'argent. Une roue de vermillon aux raies d'or partage le jambage qui raccorde les deux montants de l'N (2).

Je dois de suite faire remarquer que l'or affecte là deux aspects très différents. Sur les montants et fleurons de la majuscule, il est peu brillant et s'étend en teintes plates et de peu d'épaisseur. Sur les lettres de la dédicace, sur les caractères *OWM*, sur les oiseaux, il resplendit et se détache en relief sur le velin. C'est le pinceau qui a étalé la couche plate et plus mate ; c'est la plume ou le *calamus* qui a déposé l'encre d'or en plus grande quantité. C'est à la plume qu'est tracé aussi le mince filet de vermillon qui encadre hardiment tous les contours de la majuscule.

Un cadre carré, or sur vermillon, coins d'angles pourpres, avec fleurons au centre et à l'extérieur des montants, feuillages aux quatre coins, entoure la première page de la lettre dédicatoire de saint Jérôme. Cette page est écrite en grosse onciale d'or portée sur des lignes tracées à l'encre pâle. Le reste de la dédicace est écrit en onciale caroline d'encre noire.

La préface se termine, *explicit præfatio*, par trois lignes en capitale d'onciale pure, deux rouges et une noire.

II.

Suit un argument ; son titre est en capitales romaines rouges dont les dernières, pour éviter une abréviation, sont entremêlées de lettres de plus petites dimen-

(1) Ainsi plusieurs à la Bibliothèque de Reims, pour ne citer qu'un exemple près de nous.

(2) Un N presque exactement semblable se trouve dans l'Evangéliaire écrit et illustré pour le roi Lothaire dans l'abbaye royale de St-Martin de Tours, commencement de la seconde moitié du IXe siècle (Bib. Imp.) Certains fleurons se rappellent les uns les autres sur les deux manuscrits, de telle façon qu'on pourrait les croire issus de la même main. Sur l'Evangéliaire de Laon, comme sur celui du roi Lothaire, l'N forme le mot *Novvm* combiné à peu près de la même façon. La date authentique du livre écrit pour le roi Lothaire fixe et précise donc la date du nôtre.

Pl. 8. IXe Siècle. MS. 63.

R.d. Fleury del.

J.L.Papillon lith.

BIBLIOTHÈQUE DE LAON.

sions. Sur les premières lignes, se trouve à cheval un grand S feuillagé et d'or que je reproduis en ma Planche 8.

La préface de saint Jérome sur le quatrième livre des Evangiles est écrite aussi en lettres onciales noires posées sur des lignes tracées à la pointe sèche et encadrées de même. Sous le titre : *Incipit præfatio domini Hieronymi presbiteri in libro quatuor evangeliorum*, titre écrit en onciale fantaisiste d'or, on voit un grand P d'or renfermant un oiseau et qui, dans sa longueur, profile huit lignes entières (Pl. 8). Chaque alinéa débute par une capitale rouge qui enjambe sur la marge aussi délimitée à la pointe sèche.

III.

Les lettres d'Eusèbe viennent ensuite. *Incipiunt epistolæ Eusebii episcopi. Eusebius*

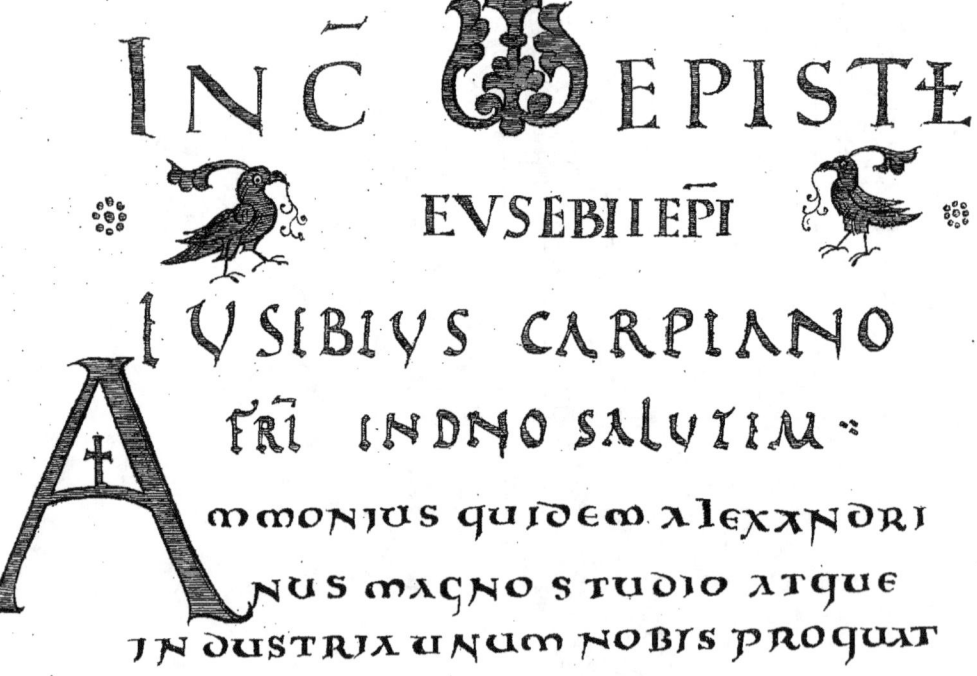

44

Carpiano fratri, in domino salutem, tel est leur titre écrit en trois lignes, grandes
et petites capitales d'or, surmontées d'un fleuron et flanquées de deux oiseaux
d'or tenant en leur bec un rameau rouge. La lettre d'Eusèbe commence par un
grand A d'or dont l'appendice est surmonté d'une petite croix. Même onciale
grasse, arrondie, magistrale. Mêmes capitales rouges commençant les alinéas.

IV.

Les canons d'Eusèbe sont écrits en chiffres très fins, cinq lignes par cinq
lignes, dans les arcatures de treize portiques romans dont dix n'ont que trois
colonnes, tandis que les deux avant-derniers en comportent quatre. Douze portiques
sont à plein cintre, un grand arc surmontant le tout et inscrivant deux petits
arcs qui partagent l'intérieur en deux. Le dernier portique forme un cadre carré
divisé en trois compartiments par deux colonnes. Les arcs, les chapiteaux, les
fûts et les piédestaux sont décorés avec un soin infini et avec beaucoup de variété.
Les grands et petits arcs sont surmontés par des fleurons. Des fleurs de lys ou
des étoiles naissent entre les petits arcs, et les chapiteaux portent, à l'extérieur
des portiques, tantôt des feuillages, tantôt des étoiles à cinq rayons, tantôt
des oiseaux battant de l'aile ou s'épluchant. Les colonnes affectent les couleurs
et les veines des marbres les plus précieux, du jaspe, du porphyre, de l'agathe ;
certaines sont décorées de lianes qui grimpent en tournoyant et en étalant leurs
feuilles lancéolées sur le devant du fût. Les chapiteaux sont surtout curieux
à étudier pour leur ornementation du style pur roman que certains archéologues
veulent faire remonter au XIe siècle seulement, plusieurs même au XIIe, tandis
qu'il est permis de croire à une vieillesse de deux cents ans en plus. Ces portiques romans et plein cintre que les miniaturistes ont peints en plein IXe siècle,
les architectes les ont pu sculpter en pierre, et bien des chapiteaux romans
de nos églises rebâties au XIIe siècle proviennent donc des églises carlovingiennes.
Le XIIe siècle, geai paré des plumes du paon, a fait sien tout ce qu'il a trouvé de beau
et de bon dans l'époque précédente. Je donne (Pl. 9) l'avant-dernier portique (1).

(1) Mêmes dispositions de portiques coupés de pleins cintres, mêmes arabesques, mêmes colonnes, mêmes
chapiteaux romans, mêmes couleurs, même écriture et mêmes chiffres, dans les canons de l'Evangéliaire du
roi Lothaire. (M. de Bastard).

Pl. 9. IXᵉ Siècle. MS. 63.

BIBLIOTHÈQUE DE LAON.

45

V.

Incipit prologus in Mattheum. Ce titre, en capitales maigres d'onciale, est tracé

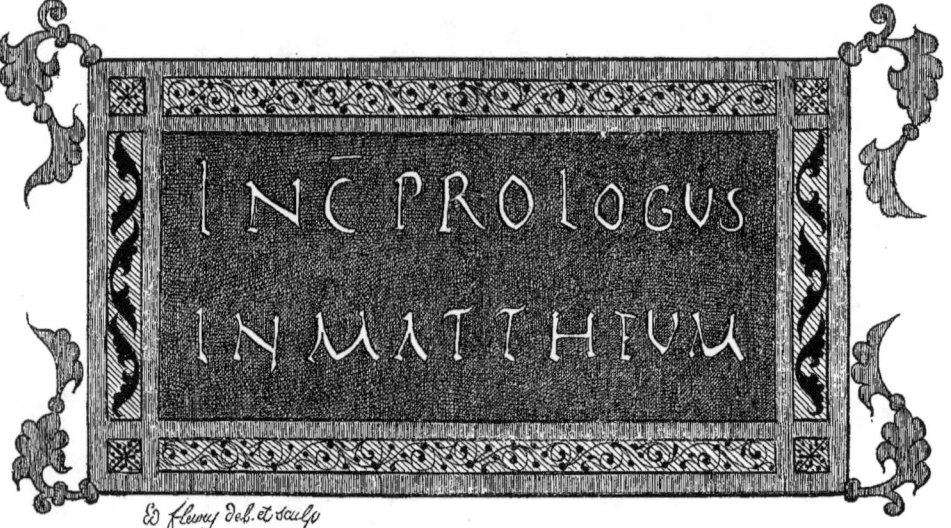

en or sur le velin teint en pourpre violet foncé.

Il nous offre un exemple en petit de la mode, déjà si ancienne et qui commençait à tomber en désuétude, de teindre en pourpre les parchemins, des volumes même tout entiers (1). Ce titre, enfermé dans un cadre d'or à rinceaux bleu très

---

(1) « Le suprême en fait de matériel des manuscrits, c'était le parchemin teint en pourpre. On écrivait d'ordinaire sur la pourpre avec de l'or ou de l'argent. Il nous reste quelques beaux modèles de ce luxe fort dispendieux dans des manuscrits tous liturgiques. » (M de Champollion-Figeac. MOYEN-AGE ET RENAISSANCE. Vᵒ *Manuscrits*).

« Quant aux manuscrits pourprés, on en fabriquait du temps de Pline. Vers la fin du IVᵉ siècle, les moines s'occupèrent de cet art qui fut longtemps cultivé avec succès, comme l'attestent plusieurs manuscrits précieux où brillent les reflets les plus éclatants du rouge, du bleu et du violet. Vers la fin du IXᵉ siècle, le secret de cette préparation paraît s'être en partie perdu. Les parchemins pourpres n'ont plus qu'une teinte obscure et rembrunie. Les velins teints en pourpre étaient en général destinés à recevoir des lettres d'or et d'argent et devaient avoir un grand prix » (M. de Vailly. *Elém. de Paléog*, t. I, part. III, chap. 1.)

foncé, presque noir, sur rose pâle, commence un prologue sur l'évangile de saint Mathieu. La première page de ce prologue comporte seulement cinq lignes en capitales romaines d'or, et le nom de l'évangéliste, *Matheus ex Judea,* débute par un superbe M majuscule d'or (1), bleu et blanc sur pourpre, que je donne en ma Planche 10. Hardiesse de trait, finesse de l'ornementation, fécondité d'invention dans l'emploi des mêmes combinaisons linéaires, c'est là le caractère habituel de ces belles initiales qu'il eût été si désirable de pouvoir toutes dessiner.

Au verso, un cadre d'or, décoré de feuillages et surmonté d'oiseaux, sortes d'ibis, enferme toute une page écrite en grandes onciales d'or.

VI.

L'évangile de saint Mathieu est précédé d'un frontispice composé, comme motif principal, d'un carré et d'un cercle entrelacés et décorés de médaillons, de fleurons et d'oiseaux, or, azur et pourpre. Les mots *Incipit evangelium Matthei* sont inscrits dans le champ laissé libre par la rencontre des figures géométriques qui forment cadre. Trois lignes de grandes capitales romaines d'or très allongées, sont séparées entre elles par des nœuds de serpents. Comme toujours, les abréviations et les lettres conjointes jouent un grand rôle dans ce titre *INCP.* L'I et l'N sont mariés de telle sorte que l'I coupe par le milieu le jambage diagonal de l'N. *EVAGL.* Ce dernier L est coupé par une barre horizontale qui représente la syllabe *IVM* absente.

La manière dont le mot *Matthei* est composé mérite description. L'M, dont la haste de droite est reliée au jambage transversal par une petite barre, forme la syllabe MA. Après le premier grand T se voit un autre petit T microscopique. L'H, additionné à droite de trois appendices horizontaux, veut dire HE, et un très petit I se perd contre la bordure.

Au verso, la page entière est occupée, du haut en bas, par la majuscule conjointe L et I par laquelle commence cette phrase qui suit les contours de la grande lettre : *Liber generationis Jesu Christi filii David filii Abraham,* en quatre

---

(1) Le Missel dit de St-Denis (Bib. Imp.), milieu du XIe siècle, a entre autres majuscules un D qui rappelle par les ornements de sa panse les arabesques carlovingiennes du montant de l'M de ma Planche 10.

BIBLIOTHÈQUE DE LAON.

lignes, la première de grandes capitales romaines, la seconde en petites capitales du même caractère, les deux autres en capitales et lettres courantes d'onciale, toutes d'or. Les abréviations foisonnent, et le nom *David* est représenté par deux D accouplés. Cette grande et belle lettre est la merveille du genre. Je la donne Planche 8. Les entrelacs, les rinceaux, l'ornementation qui décorent l'intérieur des montants de la lettre, l'agencement enfin ne laissent rien à désirer. L'I de *Liber* coupe la majuscule L avec originalité et complète l'ensemble (1). Il est entouré des quatre animaux symboliques peints en or sur pourpre. Comme sur les trois autres titres d'évangiles, l'ange de saint Jean porte en main une croix. Ici les couleurs sont plus nombreuses : or, azur, vermillon et pourpre.

Un cadre d'or plus simple entoure la première page de l'évangile de saint

(1) Je retrouve dans l'Evangéliaire écrit pour le roi Lothaire (952-976) à l'abbaye St-Martin de Tours, exactement le même mariage d'un L et d'un I commençant aussi le mot *Liber*. Comme ici, j'aperçois le même rinceau s'unissant par en haut à l'entrelacs de l'L pour encadrer la page. (M. de Bastard, 1re livraison.)

La même alliance d'un L et d'un I, tout à fait du même style, mais de moindres proportions, se voit dans l'Evangéliaire donné par Ebon, archevêque de Reims (833-851), à l'abbaye d'Hautvillers, et qui appartient maintenant à la Bibliothèque d'Epernay. Cette lettre conjointe commence l'évangile selon St-Mathieu. (M. de Bastard.)

48

Mathieu, écrite toute en petites capitales d'onciale d'or. Les capitales des autres pages écrites en noir sont alternativement rouge et or, et toutes sur la marge. Les titres des chapitres sont en capitales d'onciale d'or et commencent par une capitale romaine de vermillon.

VII.

La préface de l'évangile selon saint Marc a pour titre : *Incipit præfatio in Marcum*, trois lignes or, rouge et or, enfermées dans un cadre que dessinent, en se coupant, un carré et un lozange à montants d'or, à panneau intérieur très-ouvragé, corde pourpre sur bleu foncé, rinceaux bleus sur rouge brique clair. Coins à entrelacs en dehors, à rinceaux en dedans. Echassiers courant sur le haut du cadre.

La seconde page, au verso, commence par un **M** capitale d'or sans aucun ornement et très élancé, bordant les quatre lignes de titre.

VIII.

Pour frontispice, l'évangile selon saint Marc a une figure quatrilobée qui encadre ces mots : *Incipit evangelium Marci* en grandes capitales romaines d'or. Deux fleurons vermillon et bleu pâle séparent les trois lignes. Dans de grands médaillons bleu foncé, encadrés d'or, se voient les symboles des évangélistes.

La seconde page au verso, qui a ses quatre premières lignes en or, est enfermée dans un très-beau cadre or, bleu et pourpre, dont le côté gauche est formé par un I majuscule au milieu duquel on voit un médaillon orné d'un buste de profil, esquissé en rouge sur fond d'or. Est-ce celui de l'évangéliste ou de son commentateur ?

Pl. 11.   IXᵉ Siècle.   MS. 63.

INCP

PROLON̄G

LVCAM

BIBLIOTHÈQUE DE LAON.

IX.

J'ai dessiné en fac-simile (Planche 11) le cadre de style arabe (1) en dedans des lignes duquel est inclus le titre : *Incipit prologus in Lucam*. Cette remarquable miniature, or et bleu foncé sur pourpre, avec six disques or sur vermillon, oiseaux, fleurons et feuillages d'or, est une des plus belles et surtout des plus originales de ce splendide manuscrit, perle de la collection laonnoise.

Il y a de curieux spécimens d'abréviations, INCP pour *incipit* ; de lettres *enclavées* ou *incluses*, OG du mot *prologus* abrégé, et de lettres *conjointes*, IN du mot *in*.

Au verso, le commencement du prologue est en capitales romaines d'or avec un L majuscule très-allongé, très-simple et mordant sur sept lignes.

X.

Le frontispice du titre *Incipit evangelium Lucæ* se compose d'un cercle pourpre et or, inscrit dans un carré qui est plus intimement relié au cercle par deux petites croix grecques, et dans les angles de rencontre se voient, sur des disques d'azur foncé, les symboles des évangélistes, l'ange de saint Mathieu avec ces mots *Mathius evangelista*, l'aigle de saint Jean et *Johannes*, le lion de saint Marc et *Marcus evangelista*, et le bœuf de saint Luc avec *Luca*, tous tenant les saints livres, tous aussi très-finement dessinés et peints en or.

Au revers se voit, en tête du mot *Quoniam* peint en grandes capitales d'or la belle majuscule Q que je reproduis en la Planche 10. Dans l'entrelac du milieu on sent l'influence et le souvenir de l'art arabe ; ce nœud est peint en or. Le bleu qui paraît sur quelques parties de la majuscule est plus intense que d'ordinaire.

L'Evangéliaire d'Ebon, de la fin de la première moitié du IXe siècle, que je citais tout à l'heure (Bib. d'Epernay), possède un grand Q du même style absolument (2).

---

(1) Le tabouret sur lequel repose l'évangéliste saint Mathieu de l'Evangéliaire de saint Médard (Bib. Imp., milieu du IXe siècle), est orné des mêmes arabesques que certaines parties du cadre de ma Planche 11. (M. de Bastard. Planches tirées de l'Evangéliaire de St-Médard, 1re et 2e de la 1re livraison, 1re de la 4e livraison.)

(2) M. de Bastard.

1re Partie. — P. 13.

XI.

Le prologue sur saint Jean commence plus simplement. Deux lignes de capitales d'or, la seconde enfermée entre deux disques d'or. Un H majuscule sur six lignes de hauteur seulement ; cette lettre a un fleuron trifolié entre ses deux jambages inférieurs, et le titre se termine par un rameau d'or à trois feuilles.

XII.

Enfin, le titre *Incipit evangelium Johannes* est enfermé dans une bordure quatrilobée or et pourpre, toujours surmontée d'oiseaux, flanquée en dehors et en dedans des fleurons d'or connus et de disques, cette fois à bords dentelés, où se voient les symboles évangélistiques.

Un grand I majuscule forme le côté gauche d'un cadre enfermant la première

page du texte de l'apôtre bien-aimé. En haut, deux paons accompagnent une croix rayonnante. C'est la dernière de ces miniatures à propos desquelles il est utile de faire quelques remarques d'ensemble.

Le trait, toujours hardi, lancé toujours d'une main sûre d'elle-même, toujours un peu épais comme il convient à une illustration d'une certaine dimension, est constamment tracé à l'encre rouge.

Les couleurs : bleu souvent gouaché de blanc pour éviter la transparence des dessous, vermillon, pourpre ou violet aussi gouaché de blanc, sont d'une excellente qualité, bien homogènes, bien broyées. L'or est de deux natures : celui des ornements moins brillant, celui des capitales dans les titres plus vif, et ce dernier paraît être déposé en couches plus épaisses et de plus de relief, ce qui indique, comme je l'ai dit plus haut, l'emploi et du pinceau et de la plume. Le vert, de différentes nuances, qui simule certains marbres des colonnes sur les portiques des canons d'Eusèbe, est peu flatteur à l'œil ; le mélange n'en est pas bon. L'argent dont sont peintes certaines lianes d'autres colonnes des portiques, est terne comme toujours. C'est peut-être une application d'étain, ou bien de cuivre que le temps aura oxydé.

Les encres rouge et noire des textes sont superbes et n'ont rien perdu de leur éclat pendant leur longue existence (1).

Toutes les lignes sont réglées à la pointe sèche.

Quant au vélin, il a été soigneusement choisi ; il est épais, poli, indestructible.

La dernière remarque à faire sur ce manuscrit éminemment intéressant, c'est qu'il a perdu, à une époque déjà fort ancienne, quelques feuillets de la fin de l'évangile selon saint Jean ; ils ont été restitués par une main moins habile, d'un caractère bien moins beau, d'une encre moins bien faite et qui a pâli. Peut-être le copiste du corps du livre n'a-t-il pas eu le temps de finir son œuvre qui a beaucoup perdu à passer sous une autre plume. Dans ces feuillets, toutes les capitales et quelques mots du texte sont tracés à l'encre rouge.

(1) « En thèse générale, la teinte de l'encre doit pâlir avec le temps ; mais on tomberait dans de fréquentes méprises si l'on s'attachait à cette circonstance comme à une preuve décisive. Il y a des titres forts récents où l'encre a pris une teinte pâle et jaunâtre, tandis qu'elle conserve toute sa vivacité dans des actes très-anciens. » (NATALIS DE VAILLY. *Eléments de Paléog.*, t. I, part. III, chap. 1.)

IX.

MANUSCRIT N° 239.

(Planche 6).

In-quarto sur velin. *Graduale romanum.* Provient de Notre-Dame de Laon.
Seconde moitié du ixᵉ siècle.

Ce manuscrit ne contient qu'une seule grande lettre illustrée et coloriée. C'est un A majuscule qui commence un titre en onciales bicolores, alternativement une ligne pourpre clair et une ligne verte. A part un peu de maigreur, c'est le type d'un genre et d'un âge qu'on reconnaît à première vue. C'est ce qui m'engage à en faire le sujet d'un des derniers paragraphes de mon étude sur le ixᵉ siècle. Cette majuscule reçoit sa consécration de date d'un grand A aussi, qui se trouve dans la Bible latine du roi Charles-le-Chauve (840-877), connue sous le nom de *Bible de St-Denis* (Bib. Imp.) et qui contient de nombreux exemples d'initiales franco-saxonnes.

Ce livre, d'ailleurs fort détérioré par l'humidité et par un séchage imprudent qui a déplorablement raccorni toutes les feuilles du parchemin, est très curieux au point de vue de la notation de la musique dont les neumes ressemblent beaucoup à notre sténographie moderne. L'écriture d'onciale caroline est très-remarquable. Les titres sont écrits en onciales rouges systématiquement maigres.

X.

MANUSCRIT N° 447.

(PLANCHE 4).

Grand in-folio sur velin. *Libri œthimologiarum Isidori junioris episcopi.* De la collection de Notre-Dame de Laon.

Belle écriture. Parchemin épais et choisi. Conservation parfaite.

Au titre **XXX**, *de Affinitatibus et Gradibus, de Agnatis et Cognatis,* se voient trois tableaux généalogiques représentant les divers degrés de parenté. L'une de ces tables est enfermée dans un cadre carré partagé par des arcades en plein-cintre, et celles-ci par des compartiments horizontaux en forme de cases. Les deux autres affectent la figure d'une croix avec piédestal. La première de ces croix est surmontée de deux personnages, le père et la mère, vêtus de longs manteaux. Entre eux un entrelacs. Le tout peint de rouge et de vert grossièrement posés.

Je signale ces figures assez insignifiantes pour ne rien négliger de l'illustration des manuscrits au ixe siècle, plutôt que pour leur intérêt véritable.

Xᵉ SIÈCLE.

XI.

MANUSCRIT N° 252.

(PLANCHE 12).

Si la calligraphie illustrée de l'époque mérovingienne n'est représentée dans la collection de la Bibliothèque de Laon que par de rares manuscrits ; si les copistes et dessinateurs des beaux temps de la renaissance carlovingienne n'y sont déjà qu'assez incomplètement représentés aussi, le xe siècle nous a légué bien moins encore de monuments de son écriture. Ces temps de troubles intérieurs, d'invasions, de barbarie, furent peu favorables à l'étude et à la science.

Je crois, à ce propos, utiles pour la bibliographie en général les indications que je vais donner sur le dépouillement du catalogue des manuscrits appartenant à la Bibliothèque de Laon. Cet inventaire donne :

Pour le viie siècle, *un* manuscrit ; *six* pour le viiie, c'est-à-dire pour la période d'influence paléographique qui a dominé de 680 environ à 820 environ, influence dont les spécimens sont difficiles à reconnaître, où les dates ne peuvent s'affirmer en toute sécurité ; *cinquante-huit* manuscrits pour le ixe siècle ; *quatorze* attribués par M. Ravaisson au xe siècle, et *sept* seulement pour le xie. Il y en a déjà *soixante-et-onze* pour la période de la renaissance ogivale, c'est-à-dire pour le xiie siècle. Le xiiie siècle en compte à lui seul *cent cinquante-et-un ;* le xive *cent vingt-cinq* ; le xve *quarante-cinq* encore : l'imprimerie est née cependant ; et le xvie *quatre* seulement : la lettre mobile a tué la plume et le manuscrit succombe sous le livre.

Cette statistique d'une collection un peu importante de manuscrits fournit, je le crois, un document utile à l'histoire de la paléographie. Le progrès, l'apogée et la décadence de cet art sont parfaitement et sûrement indiqués à la Bibliothèque de Laon.

Pour en revenir à mon sujet plus spécial, je penche à attribuer au xe siècle le manuscrit no 252 que M. Ravaisson nous indique comme peut-être plus jeune de près d'un siècle et qui est un in-quarto sur velin. Reliure moderne et fort laide. *Lectionarium.*

L'écriture rappelle beaucoup celle des manuscrits carlovingiens que je viens d'examiner. Les M du texte affichent moins de prétentions à ressembler à des M d'onciale ; on pressent déjà l'écriture dite gothique qui prédominera dans les livres des siècles qui vont arriver. Cependant les titres des leçons diverses sont de cette onciale de fantaisie dont l'écriture carlovingienne de la belle époque nous a prodigué les exemples.

Le grand F, seule majuscule que possède ce manuscrit et qui borde toute la première page, affecte, d'ailleurs, la forme exacte du grand I qui, sur ma Planche 8, se marie si élégamment et d'une façon si originale à la capitale L : même entrelacs (1), même enroulement de cordes dans les tympans intérieurs, même appendice terminant la lettre. Seulement ici maigreur extrême, pauvreté de style (2), quand tout à l'heure il y avait ampleur dans la forme et fermeté de main. La couleur est opaque, terne, sans effet, quand sur le bel Evangéliaire no 63 le ton était transparent, limpide, agréable à l'œil.

On sent et l'imitation et la décadence ou qui approche, ou qui étend déjà son voile sombre sur toute une époque et en particulier sur un art qui avait jeté naguères un si vif éclat.

Ce manuscrit provient de Notre-Dame de Laon.

(1) M. Durieux, dans sa planche 1re de son étude sur les manuscrits à miniatures de la Bibliothèque de Cambrai, donne un T emprunté au manuscrit no 158, qui rappelle beaucoup l'F de ma Planche 12 et l'ornementation de l'A de ma Planche 6 du manuscrit no 239 attribué au ixe siècle, comme celui du manuscrit 158 de Cambrai.

(2) M. Ravaisson écrit : « Cette première lettre est richement ornée. » Je ne puis partager cet avis.

XII.

MANUSCRIT N° 87.

(Planche 6.)

Petit in-folio sur velin. *Tractatus sancti Augustini in epistolam sancti Johannis*, avec cette note au verso du premier feuillet : *Monasterii sancti Vincentii Laudunensis congregationis sancti Mauri*. Si l'écriture courante du manuscrit ne faisait foi, si les capitales onciales et la disposition de son titre initial n'étaient pas caractéristiques d'une époque, le grand M à entrelacements de serpents et combinaisons de rinceaux (Pl. 6) du mot *Meminis*, pourrait faire croire que, sans transition et brusquement, nous sommes transportés du ixᵉ au xiiᵉ siècle. C'est la lettre tournure *(tourneure)* par excellence, comme le P du manuscrit 199 est une vraie lettre dracontine (1).

(1) « Il règne une grande diversité dans les lettres ornées dont la forme variait suivant le goût du siècle et
» les caprices du dessinateur. Ces formes étaient si multipliées au moyen âge qu'on a senti le besoin de leur
» appliquer une nomenclature spéciale. Nous renverrons au traité de Torcy sur *l'Art et la Science de la vraie*
» *proportion des lettres* les personnes qui seraient curieuses de connaître ce qu'on entendait par *cadeaux*,
» *lettres de forme, lettres goffes, lourdes, impériales* ou *bullatiques, lettres de cour* ou *de cours, lettres tournures,*
» etc. Un fait digne de remarque, c'est qu'une bulle de Grégoire IX renferme un de ces termes techniques ; il
» y est question de *lettres tondues (litteræ tonsæ)*, c'est-à-dire de lettres qui n'étaient pas hérissées de ces *poils*
» ou traits superflus dont les écrivains surchargeaient certains caractères des bulles et diplômes impériaux. »
(NATALIS DE VAILLY. *Eléments de Paléographie*, t I, part. III, ch. 1.)

La dracontine, d'origine anglo-saxonne, a donc été inventée par le ixe siècle (1), comme la lettre tournure a été trouvée par le xe. Ce sont deux genres qui plus tard se confondront intimement, en réunissant leurs ressources spéciales dont nous apparaîtront bientôt tant de petits et délicieux chefs-d'œuvre.

Ici l'M majuscule du manuscrit 87 qui n'a pas d'autres lettres ornées, est assez grossièrement dessiné par une plume mal taillée, par une main qui tremble dans ses hardiesses. Il se dessine en blanc sur un fond rouge vineux désagréable.

M. Ravaisson, qui d'habitude signale les vignettes des manuscrits qu'il a catalogués, n'a pas cité ce curieux essai d'un dessin qui innove et ouvre aux miniaturistes une voie nouvelle.

ANS tous les manuscrits du xe siècle à la Bibliothèque de Laon, c'est tout ce que j'ai trouvé en fait de lettres ornées. J'ai voulu dessiner un grand D à haste décorée d'entrelacs en haut et en bas, préparé pour la couleur et resté inachevé, D que j'emprunte au manuscrit 67, Commentaire de Pascase Radbert sur l'évangile de saint Mathieu, d'une écriture superbe, déliée, lucide à l'œil.

J'ai délaissé dans le numéro 288, Recueil de diverses œuvres de saint Augustin, quelques petites capitulaires barbares, sans forme, d'horrible dessin, d'une affreuse peinture pateuse. Quelques-unes d'entre elles rappellent, mais même de loin, les lettres à chaînettes, déjà si imparfaites, de ma Planche 4, ce qui prouve qu'une mode peut durer bien longtemps et inspirer des ressouvenirs sur l'âge desquels, à l'aide du type, il faut ne pas trop se hâter de conclure.

(1) « La variété presque infinie des lettres fleuronnées ou fleuries, constamment employées dans les manus-» crits, ouvrait un vaste champ à l'imagination des peintres ; aussi se donnèrent-ils carrière en ce genre. Aux » vii.e et ixe siècles, ils diversifièrent prodigieusement leurs lettres historiées. » *(Nouv. Traité de Diplom.)*

XIe SIÈCLE.

XIII.

MANUSCRIT N° 250 bis.

(Planche 6).

Petit in-folio sur velin. *Lectionarium.*

Ce Recueil d'extraits divers et notamment de textes des Prophètes provient de Notre-Dame de Laon. Il est écrit en caractères assez forts, parmi lesquels les lettres onciales tiennent encore une large place. Encre passée. Initiales rouges.

Deux ou trois lettres tournures, un P qui commence une série d'extraits, un Q (Pl. 6), et notamment le grand H (id.) qui se voit à la première page, forment l'illustration de ce livre. Au pied d'un des montants de l'H se voit pour la première fois la tête encornée et ricanante du diable, que les siècles suivants reproduiront fréquemment sur leurs enluminures. Le trait de la lettre tournure s'affermit et s'épure. La couleur dont est peinte cette initiale est très-mauvaise, mal broyée, sans adhérence au parchemin. C'est une transition assez médiocre entre le beau coloris du bon temps carlovingien et les savants mélanges qui vont enrichir bientôt la palette des gouacheurs des siècles dont nous allons maintenant nous occuper.

Je trouve encore, dans le manuscrit 237, *Missale laudunense*, qui appartient au xɪᵉ siècle, quelques petites initiales sauvages au possible, longues, minces, tremblées, tracées à l'encre noire, et autour desquelles se groupent, pour les entourer, de gros pois rouges ; parfois les pois manquent et alors elles se doublent de traits rouges. C'est la vieillesse qui déraisonne. C'est idiot autant que laid.

XIIᵉ SIÈCLE.

XIV.

MANUSCRIT N° 29.

(Planche 12.)

In-folio sur velin. *Psalterium glossatum sine titulo*, XIIe siècle.

 E beau psautier, qui provient de l'abbaye de Vauclerc dont la bibliothèque et la collection spéciale de manuscrits étaient si riches, nous introduit de plein pied dans la plus pure époque de la calligraphie du moyen-âge. Sans préparation, sans intermédiaire, nous passons de la décadence carlovingienne à la renaissance dont le célèbre évêque Barthélemy de Vir donna le signal dans le Laonnois. Les grands couvents se sont fondés au sein des forêts qui avaient réenvahi la contrée pendant deux siècles de misère et de barbarie. Des moines qui vont peupler et vivifier ces solitudes, les uns essartent et trouent les bois ; les autres ensemencent et fertilisent ces conquêtes sur la nature sauvage. Ceux qui ont la vocation de la science et de l'étude recueillent les vieux manuscrits qui ont échappé aux barbares du dehors et aux barbares du dedans ; ils s'enferment dans le calme et le silence du *scriptorium* ; ils déchiffrent les vieux parchemins,

les palimpsestes, et les copient. Ils les entassent dans le trésor de leur couvent, ou dans sa *librairie* qui est un autre trésor, et les Psautiers, les Missels, les Lectionnaires, les Bénédictionnaires, les Evangéliaires, les Processionnels, les Rituels, les Obituaires, les Pontificaux, les Bibles, les *Plenarium*, les Recueils d'hymnes et d'homélies, les Copies des Epîtres des apôtres, les Extraits des Pères vont devenir des objets aussi précieux que les plus précieux produits de l'orfévrerie. Les riches monastères vont se les disputer, se les envier, les multiplier à l'envi les uns des autres. Théodoric, abbé d'Ouche, répétait à ses moines, suivant le témoignage d'Orderic Vital cité par M. Paul Lacroix (1): « Ecrivez, écrivez ! Une » lettre tracée dans ce monde vous sauve d'un péché dans le ciel.... » et, dans le *scriptorium*, les copistes ne commençaient jamais leur travail sans répéter tout haut une prière faite spécialement pour attirer sur eux la bénédiction du Très-Haut (2).

De même que l'architecture, qui déjà dédaigne les traditions romanes et entasse, dans un miracle d'invention hardie et de génie, les ogives sur les ogives, les étages sur les étages, les tours sur les nefs, et éventre les nues de la pointe aigue de ses clochers de pierre, dentelle que rien ne semble soutenir dans l'espace ; de même que l'architecture progresse et s'idéalise, la calligraphie s'épure, se passionne et s'embellit par un effort puissant qui lui fait d'un bond franchir d'immenses espaces.

Nous ne possédons à Laon que très-peu de témoignages de l'imperfection constatée par les traités spéciaux sur la matière. Je ne puis donc qu'incomplètement, par des exemples pris sur place, montrer l'immense différence qu'il faut établir entre les xe et xie siècles et celui que j'aborde et faire voir comment

_____

(1) *Livre d'or des Métiers*, au titre *Imprimerie*, chapitre *des Ecrivains et Enlumineurs*.

(2) Je ne puis mieux faire que d'emprunter le texte de cette prière au savant travail de M. Paul Lacroix. La voici :

« *Benedicere digneris, domine, hoc scriptorium famulorum tuorum et omnes habitantes in eo, ut quidquid » divinarum scripturarum ab eis lectum vel scriptum fuerit sensu capiant, opere perficiant; per Dominum Jesum » Christum, etc., etc.* » Seigneur, daigne bénir ce *scriptorium* de tes serviteurs et tous ceux qui l'habitent, afin que tout ce qu'ils y lisent ou écrivent des divines écritures soit bien compris par eux et rendu par un travail parfait; par N. S. J.-C., etc.

MS 252

TUS PUR
V J R

Papillon lith.

Ed. Fleury del.

BIBLIOTHÈQUE DE LAON.

l'écriture se transforme, comment le dessin se perfectionne, comment la couleur s'épure. Ici, j'entre brusquement en plein progrès avec les nombreux manuscrits appartenant à l'époque où ils vont quelque temps me retenir.

Le Psautier (n° 29) de Vauclerc est un magnifique livre à tous les points de vue : le parchemin a été bien préparé, signe de vieillesse (1) ; il est fin, lisse, égal de feuilles d'un bout à l'autre, et d'une belle nuance jaune tendre. L'encre en est d'un beau ton noir-brun intense.

L'écriture en est magistrale. C'est la première fois que nous voyons décidément et systématiquement abandonnés les derniers souvenirs et traditions de l'onciale carlovingienne si bas tombée aux derniers siècles et qui ne donnera plus souvenir de vie que par quelques capitales dans les titres, ou au début des alinéas. La minuscule est déjà anguleuse ; la gothique, qui va durer jusqu'au milieu du XVIe siècle, se caractérise par ses angles ; quelques lettres se relient par la tête. Ce n'est pas encore la minuscule vraiment *Ludovicienne ;* ce n'est déjà plus la minuscule purement *Capétienne*.

Le texte du psaume est écrit en gros caractères. De larges espaces séparent les lignes encadrées par de très-belles marges et qui forment ainsi colonne au milieu de la page. Dans l'interligne et sur les marges, la glose *(glossatum)* et le commentaire sont tracés d'une écriture très-fine et du même type exactement que le texte latin. Les phrases commencent toujours par de petites capitales rouges et vertes. Chaque psaume débute par une jolie initiale ventrue, aux traits larges et assurés. Quand les jambages de cette lettre sont peints en rouge, l'ornement qui l'accompagne extérieurement et intérieurement d'un réseau de linéaments ténus et délicats est peint de bleu, et réciproquement. Je donne comme exemple un B, trois D, un J et un P majuscules de ma Planche 12. La main de l'écrivain est sûre d'elle ; la plume ne tremble pas ; le pinceau est expérimenté. Ces belles lettres sèment le volume.

Certains psaumes principaux nous ont valu des preuves nombreuses d'un talent qui est déjà celui du miniaturiste. Les lettres dracontines, tournures,

---

(2) « S'il fallait juger de l'ancienneté des livres par l'aspect seul du parchemin, on pourrait dire que la blancheur » unie à la finesse indiquerait en général qu'il est antérieur au XIIIe siècle. » NATALIS DE VAILLY.

fleuronnées et anthropomorphiques ne sont qu'un jeu pour lui. Déjà les majuscules illustrées servent d'encadrement à de petites scènes animées.

Dans un D qu'accompagnent des pampres, se voit un docteur, la main gauche sur le livre de la loi, prêchant et enseignant. Un prophète développe un rouleau dans un D plus simple. Un M feuillagé est tenu par un personnage qui regarde le ciel (Pl. 12).

Un D, un Q, un S (Pl. 12) et un M nous montrent des dragons et des chimères s'enfantant, se poursuivant, s'enlaçant. Deux B (Pl. 12), un Q et un D s'ornent de feuillages et de fleurons, et enfin les lettres tournures E, C, D, reproduites dans la même Planche, et deux MM nous apprennent comment l'imagination du miniaturiste se jouait de difficultés qui apparaissent plus sensibles encore dans le beau B tournure du mot *Beatus*, par lequel commence ce Psautier dont la Bibliothèque de Laon a le droit d'être fière.

L'or, le bleu d'outremer, le vermillon, le jaune gouaché de blanc, le vert et le blanc, bien préparés, se marient agréablement. La teinte a cessé d'être plate et unique ; elle se nuance pour faire tourner les enroulements, les lianes, les rinceaux et les feuillages. Les ors sont souvent damasquinés de vermillon. En un mot, ce manuscrit est irréprochable d'exécution et peut passer pour un type de perfection.

Sa reliure, bien que n'étant pas du temps, est très-ancienne et composée d'une basane claire sans ornements. Quelques feuillets mal cousus ont été un peu atteints dans leur écriture par le couteau du relieur.

Au moment où j'aborde le xııe siècle qui va me fournir de nombreux chapitres, je dois faire remarquer qu'il ne m'est guères possible, bien que la logique ait à s'en plaindre, de suivre un ordre très méthodique dans ma classification chronologique, et d'affirmer que tel manuscrit est plus ancien ou plus jeune que tel ou tel autre. Malheureusement, tous ne sont pas datés comme le no 320. Ce que l'on peut dire de plus vrai comme date, c'est que les copistes et miniaturistes du xııe siècle commencèrent à travailler, au moins sérieusement, vers 1120, c'est-à-dire au moment où nos grands couvents finissaient de se bâtir, quelques-uns de se reconstruire. Ma suite d'études et de planches ne tendra donc pas à établir avec précision la filiation des temps et des genres pour ce siècle.

XV.

MANUSCRIT N° 10.

(PLANCHE 13.)

In-quarto sur velin. Recueil. 1° Le livre de Daniel; 2° Deutéronome. Avec glose marginale et interlinéaire.

Provient de Vauclerc. Sur la garde de la reliure on lit ces mots : *Lib. St. Marie Vallis-Clare.* Le B de *Lib* se termine en haut par une croix.

Même disposition que le psautier n° 29. Ecriture à peu près semblable pour le texte, quoique plus petite; exactement semblable et du même corps pour la glose et les commentaires. Il se pourrait bien que la même main, ici plus expéditive, ait écrit ces deux manuscrits. Cependant je crois le recueil n° 10 un peu plus ancien. Les capitales des titres que je reproduis appartiennent encore à l'onciale (Pl. 13), tandis que cette écriture est complètement absente du psautier n° 29, ainsi que je l'ai fait remarquer dans la notice précédente. L'emploi, d'ailleurs, de la vieille onciale dans les titres n'est qu'un résultat de la fantaisie de l'écrivain et ne prouve pas pour ou contre une époque. Ainsi mes Planches 27 et 28 où seront reproduites des miniatures copiées sur des manuscrits du xiiie siècle (n°s 228 et 53) auront encore des titres de majuscules de pure onciale.

Chacune des parties du manuscrit n° 10 débute par une grande lettre d'un beau style : un A commençant ces mots : *Anno tertio*, et un H pour ceux-ci : *Hec sunt verba*, peints en rouge, vert, bleu et jaune. L'or a été réservé pour le corps même des deux majuscules, et il est pointillé de blanc. Sur le grand A, le dessin est tracé à l'encre noire ; c'est le pinceau seul, sans le secours du trait à l'encre, qui a dessiné le corps de l'H et ses ornements. Bonne couleur, comme beau style.

Pas d'autres initiales que celles-là.

Reliure en peau écrue et de ton verdâtre.

XVI.

MANUSCRIT N° 162.

(PLANCHE 13).

In-folio sur vélin. *Incipit liber vicesimus tertius Moralium beati Gregorii papœ, pars quinta.*

Ce beau manuscrit provient de Cuissy, et je penche à croire qu'il a été écrit par un de ces scribes que Luc de Roucy, premier abbé de ce monastère, chargea, dès que le couvent fut achevé et rendu habitable, de former une bibliothèque par des copies que l'on faisait sous ses yeux et sous sa direction immédiate et éclairée. Grâce à cette influence intelligente, il se forma lentement une collection qui, vers le milieu du XIIe siècle, comptait déjà cinquante manuscrits dont le numéro 315 de la Bibliothèque de Laon, Homéliaire provenant de Cuissy même (1), donne la liste détaillée.

---

(1) Cet Homéliaire, composé des sermons de saint Ambroise, saint Augustin et saint Jérôme, est du XIIe siècle, dit M. Ravaisson qui cite aussi, d'un poëme en soixante-deux vers qui y est contenu, ce passage prouvant que ce livre a été composé pour l'abbé Luc :

> *Nos sumus abbati domno Lucœ recitati,*
> *Quo concedente scripti sumus atque jubente.*
> *Quod scripsere patres antiqui, discite fratres.*
> *Hunc librum legite : lux est et janua vitœ, etc.*

(Nous avons été énumérés à l'abbé dom Luc, par le consentement (ou la dépense) et par l'ordre duquel nous avons été écrits. Ce qu'ont écrit les anciens pères, apprenez-le, ô frères. Lisez ce livre : c'est la lumière et la porte de la vie, etc.)

Mon opinion ne paraîtra point trop hasardée, puisque parmi les volumes que cette liste énumère : « *Numerus et nomina librorum sanctæ Mariæ Cuisiaci hic* » *recitantur,* » je trouve cette mention : « *Moralium sancti Gregorii magni duo* » *volumina.* » (Deux volumes des *Morales* de saint Grégoire-le-Grand.)

Je vois donc à l'œuvre (1) les habiles calligraphes du XIIe siècle et ses fins miniaturistes, ceux-ci mettant la dernière main à ces belles pages que ceux-là traçaient si compendieusement, si soigneusement et avec tant de lenteur que la collection des manuscrits de Cuissy, après plus de vingt ans de travaux, n'en comptait encore que cinquante, disent les chroniqueurs.

On comprend cette lenteur lorsqu'on examine à fond, par exemple, le manuscrit qui m'occupe. L'écriture, dirigée cette fois et encadrée non plus par des traits à la pointe sèche, mais par des lignes fines à l'encre grise, est régulière, suivie, bien la même d'un bout à l'autre de ces cent soixante-deux feuillets d'un beau parchemin uni, égal comme de l'ivoire jauni. Belle encre, belle marge, tout y est. Le caractère gothique du texte se prononce ; mais les petites capitales de chaque alinéa

---

(1) J'ai donc déjà montré trois de nos grands couvents, Cuissy, Vauclerc et Saint-Vincent de Laon, possédant, selon toute probabilité, des *scriptorium* où tant de nos manuscrits s'écrivirent et s'illustrèrent. Ces souvenirs nous en rappellent un qui révèle le nom d'un monastère voisin des nôtres et où vivaient des moines s'occupant aussi d'enluminer les manuscrits. Nous trouvons mention d'un peintre qui dut avoir beaucoup de talent dans le poëme de Gautier de Coincy, les *Miracles de la Ste-Vierge*, édité par notre savant ami l'abbé Poquet, curé-doyen de Berry-au-Bac et chanoine honoraire de Soissons.

Gautier de Coincy vient de mettre la dernière main à son grand travail et il va envoyer son livre à son ami le prieur de St-Blaise, dom Robert de Dive, qui fut abbé de St-Eloi de Noyon où était établi aussi un *scriptorium* ; car avant de se séparer de son manuscrit, le poëte lui adresse ces vers empreints de tant d'amour paternel :

Qui que me tiengne à sot n'à saive,
Mes au bon prieur de saint Blaive,
Mon ami, Dom Robert de Dive,
Qui est un des moines qui vive
Qui plus aimme la douce Dame,
Congié en prenoie, par m'ame,
Rien sai-je n'en aroie point.

. . . .
Tout maintenant qu'acointié l'oy,
Touz les seigneurs de Saint-Eloy
Amai por lui, si faiz encor
De tel enque qu'ai en mon cor,
Tan de salu pas n'escriroie
Com je li mant à ceste voie
Par cest livre que li envoi.

Il m'est avis que bien l'avoi
Quant tout premier l'envoi à lui ;
Quar ne connois certes nului
Plus volentiers que lui le lise,
Ne qui plustot le contrescrise,
Ne qui mies le sache atourner,
Flourir, ne paindre, n'aourner.

Li livres or tost, vat-en, vat-en,
Va à Noion, plus n'i aten.
Bien sai-je que jor et nuit l'abée
Robert, qui m'a m'amour robée,
Mil foiz le me salueras ;
Et lorsque contrescrit seras,
Garde d'aler, jamais ne fines. etc.

Pl. 13.   XIIe Siècle.   MSS. 10 et 162.

BIBLIOTHÈQUE DE LAON.

sont toutes onciales, ainsi que celles qui commencent les phrases, les premières tracées en noir et ornées de filets rouges, les secondes peintes de diverses couleurs.

E reproduis (Pl. 13) plusieurs majuscules dont le style rappelle un peu les grandes et belles lettres tournures de la bonne époque carlovingienne : le grand P par lequel débute la préface, un D, un J, un Q, un H. C'est le vert qui domine ; tout le corps de ces lettres en est formé. Les feuillages et fleurons sont peints d'azur, les nœuds de vermillon. L'or ne s'y voit jamais ; le jaune a pris sa place dans les intérieurs ou tympans que forment les montants des lettres toutes inscrites dans un champ monochrome jaune sur lequel elles se découpent vivement.

Ce qui m'a plus intéressé encore que ces majuscules dont je rencontrerai plus d'une fois les équivalents comme décoration et comme couleur, ce sont les esquisses assez nombreuses qu'un miniaturiste a déposées plus tard sur les marges de ce manuscrit qui nous a ainsi conservé les naïves études par lesquelles l'artiste, probablement du XIIIe siècle, préludait et s'essayait aux compositions dont il se proposait d'illustrer bientôt un autre livre. J'ai voulu donner en fac-similé (Pl. 13) ces croquis qui nous représentent deux ou trois bustes d'hommes, probablement des portraits, celui d'un ange ou d'un prêtre portant un calice, d'un autre ange ayant un fleuron en main, une petite main bénissant, un fleuron, un cul-de-lampe, un lion passant, toutes images sans importance si on les prend isolément, mais qui nous donnent une idée du faire, du dessin d'alors, de la façon dont le miniaturiste préparait à la plume ses futures enluminures.

Ce n'est pas, du reste, le seul exemple que la Bibliothèque de Laon me fournisse de manuscrits où l'on peut étudier le travail préliminaire du miniaturiste dessinant au trait ses illustrations avant de les mettre en couleur. Tout à l'heure j'aurai deux fois l'occasion de parler d'autres livres où les vignettes ne sont aussi tracées qu'à la plume ou peintes à demi.

Le curieux manuscrit n° 162 se termine par cette malédiction contre celui qui oserait l'enlever à la collection qu'il est destiné à enrichir :

> Liber sante Marie Cuissiaci.
> Si quis abstulerit, anathema sit.
> Fiat. Fiat. Fiat. Amen.

Cet anathème, écrit à l'encre rouge, se trouve fréquemment, je l'ai déjà dit, sur les manuscrits du moyen-âge. Nous le comprenons volontiers sous la plume de cet écrivain qui a consacré tant de temps, de si longues veilles à ce chef-d'œuvre qu'une mauvaise pensée peut faire disparaître si vite et pour toujours. Il a pensé le placer éternellement, vain espoir, sous la protection divine, en le vouant à une malédiction dont trop souvent les évènements se rirent, ainsi qu'il arriva à la richissime bibliothèque de St-Vincent de Laon qui renfermait, au dire des historiens anciens, vingt-deux mille manuscrits pillés, brûlés, déchirés, enlevés par les Anglais au xive siècle ; ce qui explique comment, sur le catalogue de la Bibliothèque de Laon, nous trouvons assez rarement la mention de provenance de l'abbaye de St-Vincent, quand à chaque pas nous rencontrons les noms de Notre-Dame de Laon, de Vauclerc et de Cuissy.

Et les révolutionnaires ! Je dirai plus tard comment ils complétèrent l'œuvre de l'invasion britannique et la dépassèrent même, car les Anglais pillèrent pour posséder et conserver, et la Révolution pilla pour détruire et ruiner.

J'insiste tout spécialement sur l'idée que j'émettais un peu plus haut, en disant que le miniaturiste complétait l'œuvre du calligraphe, et que l'art d'écrire, de dessiner et d'enluminer ne s'exerçaient point, ou au moins ne s'exerçaient que rarement par la même personne. J'en trouve une preuve, convaincante à mon avis, et un curieux exemple dans le manuscrit n° 347 de la Bibliothèque de Laon, in-8° sur velin, *Vita B. Roberti Case-Dei abbatis et confessoris*, manuscrit du xve siècle. Le dialogue *in Vitâ sancti Roberti* commence par un vide qui a été réservé pour recevoir un V majuscule et orné. Chaque page attend sa vignette et sa capitale illustrée. Aux vides carrés qui se voient en tête de chaque chapitre, ces miniatures devaient être très-nombreuses. Pourquoi n'ont-elles point été exécutées? Qu'importe? Toujours est-il que l'écrivain commençait l'œuvre que le miniaturiste parachevait, leurs deux talents ne se rencontrant que rarement chez le même homme. C'est l'avis de M. Natalis de Vailly qui écrit: « Le travail » de la miniature n'était pas en général confié au copiste. En effet, on voit beau- » coup de manuscrits dont les lettres initiales sont restées en blanc. Ailleurs, ce » sont des titres ou des vignettes dont le trait seul est marqué » (1).

Trithème, abbé de Spanheim (2), n'édictait-il pas : « Que l'un corrige le livre » que *l'autre a écrit*; qu'un troisième fasse les ornements à l'encre rouge; que » celui-ci se charge de la ponctuation, *un autre des peintures*; que celui-là colle » les feuilles et relie les livres avec des tablettes de bois. Vous, préparez ces » tablettes; vous, apprêtez le cuir; vous, les lames de métal qui doivent orner » la reliure. Que l'un de vous taille les feuilles de parchemin; qu'un autre les » polisse; qu'un troisième y trace au crayon les lignes qui doivent guider l'écrivain; » enfin qu'un autre prépare l'encre, et un autre les plumes. »

Voilà le travail organisé et réparti entre bien des mains habiles, une seule ne pouvant cumuler l'aptitude qu'il faut demander à un ensemble d'efforts. Il est de fait que c'est du XVe siècle qu'est daté ce code de la fabrication des manus- crits, et le XIIe ne savait peut-être pas encore l'avantage des spécialités, dira-t-on. Je crois cependant que dès-lors l'illustration des manuscrits avait pris tant de développement que les *scriptores* ne sont déjà plus des *pictores*. Il fallait le con- cours de deux habiletés pour mener à bien un travail de trop longue haleine.

(1) *Eléments de Paléog.* T. I, part. III, chap. 11e.
(2) Cité par M. Paul Lacroix. *Livre d'or des Métiers*, chapitre *Imprimerie*, au titre *Ecrivains-Enlumineurs*.

XVII.

MANUSCRIT N° 57.

In-quarto sur velin. Recueil. *Paraboles Salomonis filii David* ; commentaire par saint Jérôme ; les poëmes de Serlat ; un sermon de saint Bernard sur le Cantique des Cantiques ; un autre sur la dédicace d'une église.

Reliure en peau écrue teinte en vert.

Provient de la collection de l'abbaye de Vauclerc.

Les quatre pièces qui composent ce volume n'émanent ni de la même main, ni de la même époque. La glose interlinéaire et marginale sur le texte de saint Jérôme est d'une admirable écriture très-fine. L'encre a pâli. Le poëme est écrit très-gros en gothique qui se sent encore de l'onciale dont les sermons sont complètement privés.

Ce manuscrit ne contient qu'une grande lettre, mais très-intéressante. C'est le P de *Paraboles* à la première page. Cette lettre est seulement dessinée à la plume et d'un trait extrêmement délicat, si fin et si tenu qu'on pourrait croire à l'emploi d'une plume de métal. Il ne faut pas supposer que l'usage de ces plumes métalliques ait été répandu ; mais y aurait-il rien d'extraordinaire à ce que quelque

Pl. 14. XIIe Siècle. MSS. 116 et 57.

Ed. Fleury del.

Papillon lith.

BIBLIOTHÈQUE DE LAON.

dessinateur ingénieux se soit taillé dans une mince feuille d'argent, par exemple, un de ces instruments qui ont tracé tant de petites merveilles? Quoi qu'il en soit, cette lettre est un petit chef-d'œuvre de cette fantaisie qui inventa tant de monstres et de chimères, qui prodigua sur les voussures, sur les portails, sur les frises, sur les tours de nos églises des xiiᵉ et xiiiᵉ siècles, tant de gouivres, tant de masques grimaçants, tant de figures impossibles que la peur ou la fièvre ont pu seules trouver.

Au bas de la majuscule, un quadrupède se disloque et passe, entre ses jambes de devant, sa tête qui regarde à l'envers. Sur le dos de cet animal se pose un griffon à la tête et aux ailes d'oiseau, et dont la queue se développe en replis tortueux. Un autre disloqué, dont la queue finit en figure de serpent, entoure le montant du P et pousse des cris de Mélusine. Un lion fantastique se raccroche, en le mordant, au montant de la lettre et fait face à une syrène. Le développement du P se forme d'un diable qui avale les jambes d'une femme à deux têtes dans un même bonnet, et tout en haut on aperçoit la tête d'un autre lion au galop, dont les pattes posent sur le sein de la femme Janus. Tout cela s'enlace, se mêle, s'enchevêtre en un fouillis très-animé et très-amusant.

Soit que le dessinateur n'ait pas eu le temps de colorier ce petit chef-d'œuvre du genre, soit que celui qui a tracé ce fin croquis ait eu peur de l'alourdir par la couleur, cette lettre, si richement et si spirituellement historiée, est restée veuve absolument de toute approche du pinceau.

On connaît, d'ailleurs, des manuscrits tout illustrés au trait seulement; ainsi la Bible (1) en figures du cabinet du docteur Demons (xiiiᵉ ou xivᵉ siècle).

(1) M. de Bastard (5ᵉ livraison).

XVIII.

MANUSCRIT N° 116.

(PLANCHE 14).

Grand in-quarto sur velin. Ce manuscrit, qui provient de Cuissy et qui paraît appartenir à l'écriture de la fin du XIIe siècle, forme un Recueil composé de diverses œuvres de saint Ambroise : *De Mysteriis et de Officiis.*

E même que le manuscrit 57 que je viens d'étudier, il mérite l'attention des hommes qui, voulant aller au fond des choses, suivent un art dans ses diverses manifestations et préfèrent souvent à la beauté de l'œuvre parachevée les indications qui servent à montrer comment l'artiste procède. Ainsi le manuscrit 57 nous a fait voir le travail de l'esquisse à la plume. Le manuscrit 116 nous présente non-seulement quelques lettres au trait et à la plume de corbeau, mais d'autres majuscules ayant reçu déjà leur première couche de couleur. Ainsi le grand D de la première page, des mots « *De Moralibus* ; » un autre D des mots « *De sacramentis* » du feuillet 10 (Planche 14). Ce D est surmonté d'un perroquet); le grand I (Pl. 14) où se voit un personnage faisant comme un geste de silence ; le grand et bel R tournure de la même Planche ; le D de « *David propheta* » ont tous été ébauchés au pinceau. Ce D n'a que quelques touches de jaune pour faire tourner le ventre du serpent. L'I est teinté de vert d'eau sur les corps des dragons du haut et du bas, sur la tunique du petit personnage et dans les entre-deux des nœuds du milieu. L'intérieur des rosaces qui forment le corps du D de « *De sacramentis* » est bleu lapis, et l'intérieur du grand D de la première page est touché à l'indigo et au vermillon. Le grand I qui forme la gauche de ma Planche 14 est préparé d'une autre façon. Les entrelacs du haut, du milieu et du bas, ainsi que les champs de plusieurs fleurons sont travaillés en fines hachures de cette encre bistre qui a servi à dessiner les contours de toutes ces jolies lettres où la figure humaine commence à se montrer plus fréquemment que par le passé. La représentation de l'homme, devenue plus facile à des doigts qui ont plus d'expérience et d'habileté, va désormais s'unir aux ornements linéaires toujours si remarquables sous la plume des miniaturistes du xiie siècle, aux effigies bizarres et monstrueuses des dragons, des chimères qui s'engendrent et s'entre-dévorent. La face du diable encorné ne vomira plus toujours les salamandres et les gouivres (grand 1 de la Pl. 14) ; les serpents à deux têtes pour un seul corps ne donneront pas toujours naissance aux fleurons entrelacés (grand D de la même Pl.) ; mais l'homme va dompter les monstres les plus effrayants (S et H de la Pl. 14), jusqu'à ce qu'enfin l'art, qui a débuté en enfant, répudie toutes ces fantaisies absurdes, devienne raisonnable et essaye de se prendre corps à corps avec les scènes de la vie ou réelle ou mystique.

En attendant qu'il ait réalisé ce progrès, il faut reconnaître qu'il y a déjà bien du talent dans ces esquisses pleines d'animation et d'humour.

XIX.

MANUSCRIT N° 5.

(Planche 15).

In-folio sur velin. *Commentarius Rhabani Mauri super Genesim.* Provient de la Chartreuse du Val-Saint-Pierre.

OMME dans le manuscrit objet de la précédente étude, nous avons encore un incomplet essai de mise en couleur d'une des six principales majuscules de ce manuscrit, le grand I dont la tête est formée d'un combat de monstres appuyés sur un chapiteau du style roman fleuri, avec la végétation duquel leurs queues forment corps. Au pied de la lettre, un grotesque, qui tire la langue, dont la droite est armée d'un large glaive, s'apprête à frapper une chimère moitié oiseau, moitié bête à cornes. Un entrelacs de serpents décore le centre de cette curieuse lettre. Elle n'est encore que tracée à l'encre. Sa tête seulement est enveloppée d'une couche plate de vert tendre, disposée en carré ; mais ce n'est pas là ce qui forme le principal intérêt du livre.

Jusqu'à présent, chacun des manuscrits qui nous ont fourni des illustrations nous a toujours montré la prédominance bien marquée d'un style ou plutôt d'un

Pl. 15. XIIᵉ Siècle. MS. 5.

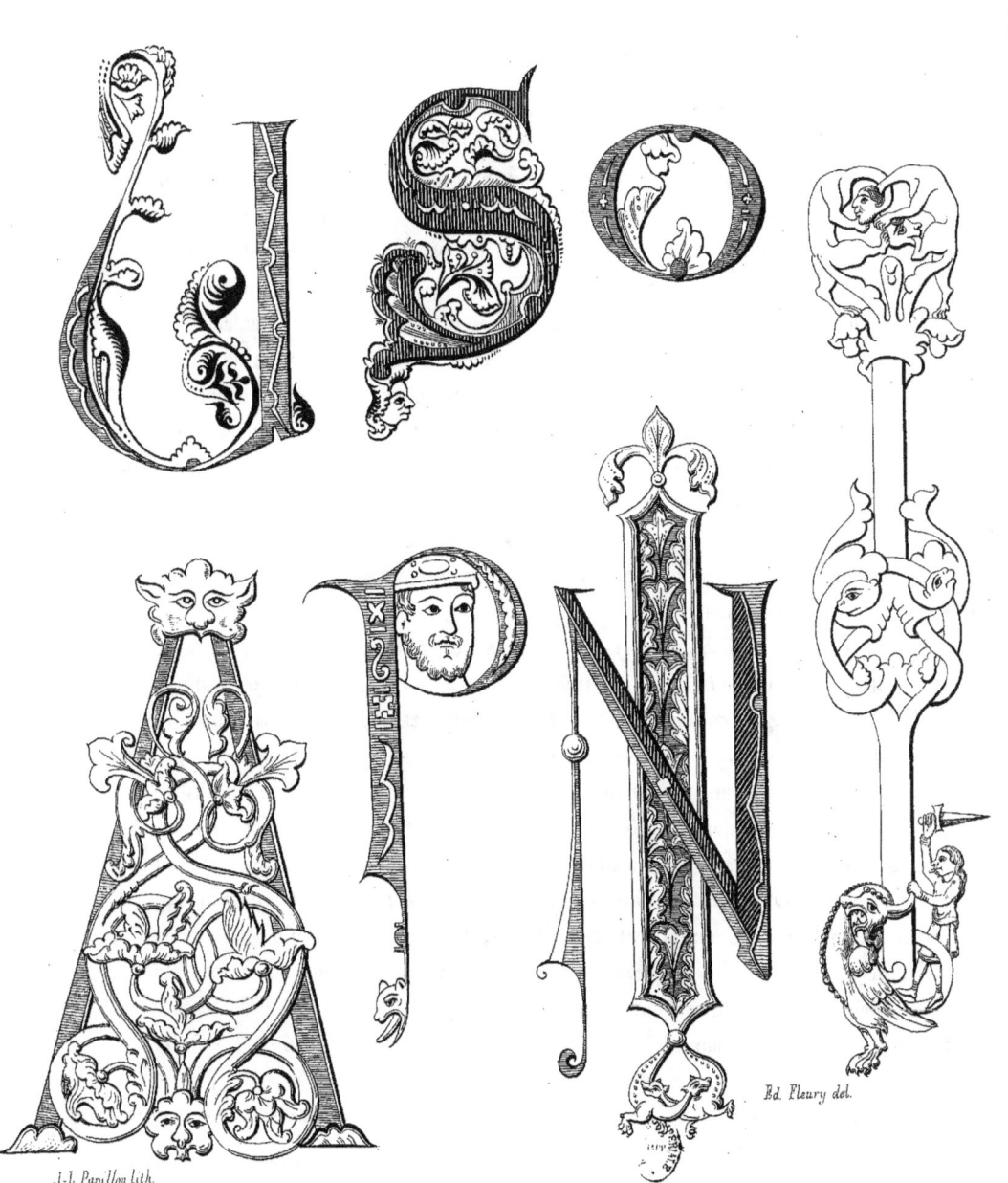

J-L Papillon lith.

Ed. Fleury del.

BIBLIOTHÈQUE DE LAON.

genre dans le dessin de ses miniatures. Chacun d'eux revêt un caractère d'unité dont il ne se départ jamais, soit que le dessinateur invente, soit qu'il copie ses prédécesseurs. Ici, au contraire, sur sept ou huit lettres que j'ai à emprunter au manuscrit n° 5 de la Bibliothèque de Laon, il n'y en a que trois qui procèdent bien sûrement l'une de l'autre, le V, l'S et l'O du haut de ma Planche 15 ; elles rappellent beaucoup, à part moins de finesse, les remarquables majuscules filigranées de ma Planche 25. Quant aux quatre autres, l'A, le P, l'enlacement de l'I et de l'N du mot *IN*, et le grand I, elles ne ressemblent pas plus aux trois nommées plus haut qu'elles ne se ressemblent entre elles. L'A fleuronné et aux masques diaboliques est largement esquissé, largement traité ; l'I majuscule est aussi d'une main ferme et dessinant à grands traits, et cependant ces deux hardiesses n'ont entre elles rien de commun, et le P, dont la panse renferme une tête empreinte des influences byzantines récemment apportées en Europe par les Vénitiens, n'a rien dans sa forme qui se rapproche des tendances de chacune des autres capitales.

Ici le parti pris fait absolument défaut, tandis que nous le voyons absolument dominer dans presque tous, nous pourrions dire dans tous les manuscrits où le dessin est un, identique, comme l'écriture est identique et une. Peut-être plusieurs miniaturistes ont-ils travaillé sur ce livre dont les grandes lettres ne sont pas coloriées non plus de la même façon. L'S et l'O sont tracées avec des encres de trois couleurs. L'accouplement IN est peint au pinceau. L'A (1) est dessiné à l'encre noire et ses montants sont peints. Le V est une espèce de camayeu à l'encre rouge, ainsi que le P orné d'une tête qui est peut-être celle du roi d'Egypte auquel Joseph expliquait des songes, car cette majuscule commence cette phrase : *Post duos annos, vidit Pharao somnum*, et le bandeau décoré de pierres précieuses qui ceint le front autorise cette supposition.

La décoration de ce manuscrit manque donc d'ensemble, et ce défaut d'unité

---

(1) Un A de même forme, mais de proportions plus petites, se trouve dans le Missel dit de St-Denis (Bib. Imp., manuscrit de la seconde moitié du xi° siècle).

Le Missel dit de St-Maur (Bib. Imp., première moitié du xi° siècle), m'offre un autre exemple d'un A tout à fait semblable, avec tête de diable pour couronnement ; seulement il est encadré.

m'a paru bon à signaler, parce que c'est la première fois que je le constate et la seule, je crois, que j'aurai à le constater.

Ce manuscrit se termine par trois petits poëmes latins remarquables par leur singularité. L'auteur s'est donné cette difficulté à résoudre : terminer par la même syllabe des vers accouplés deux à deux. Voici comme exemple les quatre premiers vers de l'un de ces poëmes :

Scrîbitur iste liber satis utilis arte Bovo..... } nis.
Sub Genesis titulo, modulis plenus ratio.... }
De diversorum scriptis collectus in is....... } to.
Codice resplendens sub mundi judice Chpis.. }

Un autre exemple de la même et singulière coupe de vers qui s'empruntent deux à deux la même désinence, nous est fourni par un manuscrit aussi du XIIe siècle et provenant de Vauclerc, n[o] **471.** Recueil. *Hugonis de sancto Victore summa sententiarum ; commentarius de Cantico Canticorum, etc.*

Un petit poëme *de Paradiso, Purgatorio et Inferno,* débute par ces vers :

Cœlum, terra, chaos, distinctio trina loc..... } orum,
Excipiunt animas pro judicio merit .... }
Valde namque bonis cœlo datur esse per..... } henne
Egregie que malis cito redditur ira ge....... }
His qui sunt neutrum, sed sunt tamen interutr. } umque.
Traditur in terrâ qualis purgatio c.......... }

Je ne dois pas oublier de mentionner pour la première fois un nom de calligraphe. C'est le premier vers du poëme écrit sur la dernière page du manuscrit 5 qui nous l'a conservé : « Ce livre utile a été écrit par l'art (ou la plume) de Bovon, » sous le titre de la Genèse. » C'est un nom glorieux à ajouter à la liste trop écourtée des Grammateus, *antiquarii,* des premiers temps de l'ère chrétienne, des Roger, des Rico, des Sawalo, des Dudon, qui écrivirent au XIIe siècle, des Jean Mados, d'Adam le Bossu d'Arras, qui vivaient au XIIIe, de tous ceux enfin dont le souvenir a été conservé, par leurs rares œuvres signées, à la science qui a au moins autant d'intérêt à connaître et à collectionner leurs noms, *periti in arte librorum,* que ceux des potiers gallo-romains dont les vases ne valent certainement pas nos manuscrits.

XX.

MANUSCRIT N° 18.

(PLANCHE 16.)

In-folio sur velin. *Petri Lombardi commentarii in Psalmos.*

Ce manuscrit provient de la Chartreuse du Val-St-Pierre. Il est à deux colonnes et d'écriture gothique. Le texte en est semé de grandes et petites capitales avec traits de plume, de couleur rouge et bleue, de haut goût et très hardis.

Huit ou neuf majuscules magnifiques s'y remarquent inégalement espacées. Un très beau B, tournure et dracontin à la fois, commence le psaume 1er : *Beatus vir qui non abiit in consilio impiorum,* dont le premier verset, enveloppé d'un encadrement vert de la largeur et de la hauteur de la lettre capitale, est écrit à l'encre rouge, en caractères plus forts que ceux du reste du volume et interlignés par des traits ondés.

E ces grandes lettres, quelques-unes ne sont que de pure ornementation linéaire : feuillages, fleurons et brindilles tournantes. Le B tournure (Pl. 16) nous montre, dans ses enroulements, des têtes de démons et quelques petits chiens accroupis et se faisant pendant symétrique. Sur le côté, un petit diablotin rouge lutte corps à corps avec un chien. Un D, fort simple d'agencement, nous offre le spectacle d'un homme-chimère se pendant au cou d'un serpent. Un S, aussi formé d'un dragon ailé, renferme un autre dragon fantastique, peint de rouge et mordant la jambe droite à un malheureux qui se raccroche, la tête et les mains en bas, à l'anneau du serpent, tandis qu'un léopard bleu lui dévore la jambe gauche; c'est par cette belle lettre que commence le psaume 68.

C'est toujours le même esprit de composition; mais ici le dessin s'épure et devient plus ferme. Il y a quelques intentions plus élevées dans le détail anatomique de la chimère du D serpentin (Pl. 16). Les bras ont des saillies où les muscles se sentent; la poitrine est étudiée; les mouvements sont énergiques et bien sentis.

Cette fois aussi le miniaturiste est en possession d'une gamme plus nombreuse de tons. Ses mélanges de couleur sont heureux et abondants; son azur éclate; ses bleus clairs sont bien gouachés et se dégradent habilement. Ses verts sont purs et de plusieurs nuances. C'est toujours sur un fond vert qu'il a disposé ses petites scènes.

Ce qu'il faut admirer, ce sont ses ors brunis de plusieurs teintes, or rouge, or vert, or jaune, or bronzé, et tous d'une grande vivacité.

A cette perfection, ou tout au moins à ce progrès de la couleur qui ne procède plus par teintes plates, du dessin qui n'entoure plus ses motifs d'un trait à l'encre épais et lourd, peut-être faudrait-il modifier l'attribution de M. Ravaisson et restituer ce beau manuscrit au xiiie siècle. C'est, à mon avis, d'un art trop avancé et trop fin pour le xiie. Pourtant certains enlumineurs, ceux surtout qui se sont débarrassés déjà des influences byzantines et ont su être eux, ont trouvé bien des effets nouveaux de plume et de palette. Ce sont ces novateurs qui, brisant les entraves de la routine, ont créé un art tout français, spirituel, élégant et gracieux à la fois, nouveau surtout et plein de ressources.

Pl. 16. **XIIᵉ Siècle.** MSS: 18 et 108.

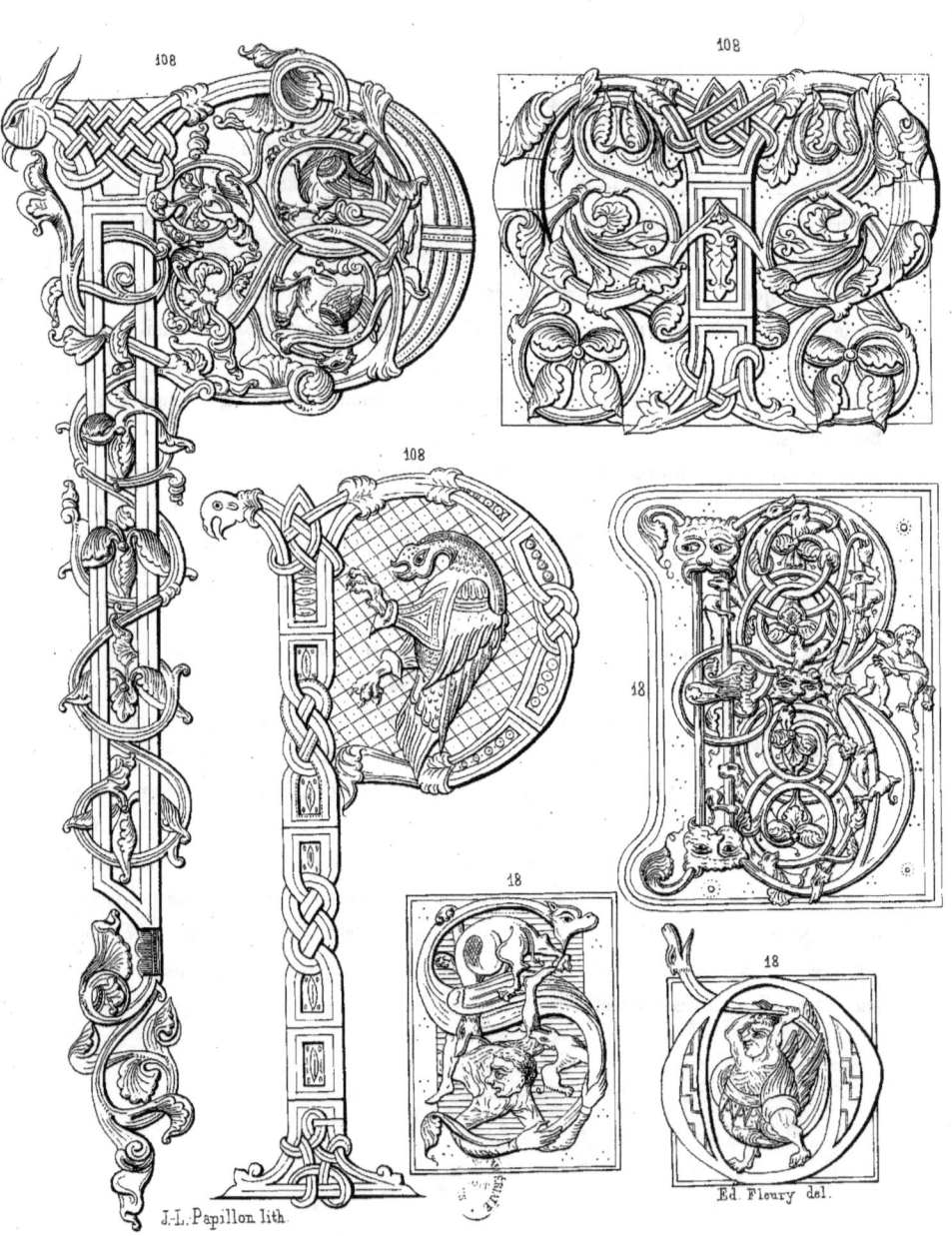

BIBLIOTHÈQUE DE LAON.

XXI.

MANUSCRIT N° 108.

(PLANCHE 16).

Petit in-folio sur velin. RECUEIL des Epîtres de saint Paul, avec glose interlinéaire et marginale.

Ex libris sanctæ Mariæ Claris Vallæ, porte la garde de ce beau manuscrit digne de la collection de Vauclerc par le choix du parchemin et la sureté de son écriture qui, d'un bout à l'autre de ce volume de près de deux cents feuillets, émane de la même main.

HAQUE Epître, à l'exception de la dernière qui est adressée aux Hébreux, celle-là commençant par le mot *Multiphariam;* chaque Epître, dis-je, débutant invariablement par ce membre de phrase *Paulus servus Christi,* le miniaturiste n'a forcément orné ce livre que de P majuscules ; j'en compte plus de dix. C'est dire que son œuvre est peu variée quant à la forme et au dessin. Ses lettres, toujours ventrues par le haut et allongées dans leur partie inférieure, se ressemblent donc toutes, à part quelques détails de feuillages, fleurons ou oiseaux fantastiques. J'ai reproduit (Pl. 16) la grande initiale de l'Epître aux Thessaloniciens. Comme style et comme ampleur, on peut la regarder comme un type du genre et comme la pièce capitale du manuscrit. L'artiste s'y est joué des difficultés qu'il a multipliées et des complications dont il s'est tiré à son honneur. Le blanc, l'azur, le vert, le rouge vif et le jaune à deux teintes parent agréablement cette riche lettre tournure où l'or n'apparaît point par exception, car les autres P ont des parties dorées d'un vif éclat. Le miniaturiste a employé l'argent aussi, mais avec peu de succès ; ce métal a pris des tons plombés et sales, à reflets nacrés désastreux.

Le P majuscule de la seconde Epître de saint Paul aux Corinthiens, que j'ai reproduit (Pl. 16), offre cette particularité que l'or servant de champ au perroquet d'azur et de vermillon, qui décore le montant de l'initiale, y est traité d'une façon très originale et nouvelle jusque-là. A l'aide de la pointe sèche qui lui servait à tracer les lignes sur lesquelles se posait son écriture, l'artiste a guilloché en creux ses ors, les a damasquinés, ainsi que l'indique mon dessin, de linéaments très fins dont l'ensemble forme des carrés pointés au centre. C'est d'un joli goût et d'un effet très agréable à l'œil.

Le grand M tournure de l'Epître *ad Hebræos*, lourd et massif avec ses platras de bleu foncé sur lequel se détachent les jambages de la lettre, et de jaune chamois qui forme l'encadrement carré, est d'un dessin un peu tourmenté. On y sent encore les influences romanes.

Je donne, sur le côté de cette page, l'originale lettre par laquelle commence la première Epître *ad Philippenses*. Avec son hydre au corps de sauterelle et ses rinceaux plus minces que d'habitude sur fond d'or mat, elle se distinguait assez des autres P pour mériter l'attention.

Quelques capitales de vermillon avec traits bleus à la plume décorent le sommaire qui précède chaque Epître.

XXII.

MANUSCRIT Nº 103.

(Planche 17).

Grand in-folio sur velin. Commentaires sur les Epîtres de saint Paul et glose.

Ce magnifique manuscrit, l'un des mieux conservés de la collection laonnoise, l'un de ceux où l'écriture est le plus suivie dans sa perfection, l'un de ceux où le choix du velin a été fait avec le plus de soin, vient du Val-St-Pierre qui nous a légué de trop rares spécimens de sa bibliothèque, s'il fallait conclure de ce manuscrit à tous ceux que possédait cette Chartreuse. Sur la dernière page de cet énorme volume, se trouve cette mention qui nous a conservé le nom du donateur, Pierre de Beauvais, archidiacre de Fribourg : *Hunc libru. dedit Petr. Silvanectens. archidiacon. Frib. cartusiensib. de Valle sci Petri.* Ces lignes sont de la main qui a tracé le manuscrit entier.

M. Ravaisson lui assigne pour date la première moitié du XIIIe siècle. Quelle que soit ma confiance en la science du docte catalogueur des manuscrits de la Bibliothèque de Laon, je crois devoir me séparer de lui, et l'étude attentive des manuscrits de Laon que M. Ravaisson classe affirmativement dans le XIIe siècle m'autorise, ce semble, à ne point partager ici son opinion.

Je reprends un instant ma Planche 16 où j'ai reproduit trois majuscules du manuscrit 18 (chap. XX), un B, un S et un D, sur lesquelles je me suis arrêté, parce qu'à mes yeux elles constituaient une originalité puissante et un progrès évident. Singularité remarquable, c'est au même monastère, c'est à la Chartreuse du Val-St-Pierre qu'appartiennent le manuscrit typique 18 qui m'occupait tout à l'heure, et le manuscrit 103 qui m'occupe maintenant. La comparaison de leurs miniatures à tous deux va nous faire apercevoir entre eux aussi plus d'un point de ressemblance.

ALETTE et pinceau, ce sont ceux du même peintre. Même couleur grasse, empâtée. Même manière de mélanger et de fondre les tons. Je pourrais répéter du nᵒ 103 ce que je disais du nᵒ 18 : « Cette fois, le miniaturiste est en » possession d'une gamme plus riche de tons. Ses mélanges » sont heureux et abondants. » Ses ors sont variés de nuances.

Quant à la disposition des fonds et à leur ornementation, c'est la même ici que là. Voyez le grand B du nᵒ 18; le fond sur lequel il se découpe va me fournir les pointillés en triangle et les étoiles que vous retrouverez aussi sur les fonds de tous les P du nᵒ 103. Aux guillochures on reconnaît déjà les habitudes de la même main.

Passons au trait et au dessin. Les masques diaboliques du B majuscule du nᵒ 18, vous allez les reconnaître sur deux P majuscules du nᵒ 103, identiques, calqués les uns sur les autres. Les petits chiens du nᵒ 18 se retrouvent une fois dans un P du nᵒ 103, toujours mordillant le pédoncule des rinceaux. Ici et là, mêmes dragons qui s'engendrent et s'entre-dévorent, même végétation, mêmes feuillages, mêmes fleurons centraux, mêmes enroulements, mêmes monstres à ailes et à serres puissantes, mêmes arrondissements et renflements du ventre de la lettre, même manière de dessiner les figures et même manière de détailler les muscles et l'ossature du corps humain. A mes yeux, ces deux beaux volumes, qui n'ont de différence que dans le format, qui sortent des mêmes rayons de la même collection, procèdent de la même date, de la même idée et de la même

Pl. 17.   XIIᵉ Siècle.   MS. 103.

J.L. Papillon lith.   Ed. Fleury del

BIBLIOTHÈQUE DE LAON.

main, quant aux illustrations de la miniature. Si le n⁰ 18 est du xııᵉ siècle, et c'est M. Ravaisson qui le veut et l'écrit formellement, le n⁰ 103 est du xııᵉ siècle. Si le n⁰ 103 est du xıııᵉ siècle d'après M. Ravaisson encore, il faut que le n⁰ 18 lui soit réattribué.

Quoi qu'il en soit, et qu'on adopte ou repousse mon opinion sur la fraternité formelle de ces deux volumes, il faut reconnaître à celui que Pierre de Beauvais donna aux Chartreux du Val-St-Pierre un droit sérieux à l'attention et à une étude profonde.

La remarque que je faisais, il n'y a qu'un instant, à propos de la similitude à peu près absolue des capitales ornées du manuscrit n⁰ 108, *Recueil des Epîtres de saint Paul* provenant de Vauclerc, je suis obligé de la reproduire ici pour le manuscrit 103 qui m'occupe maintenant. L'initiale de toutes les Epîtres, une seule exceptée, sera donc encore et toujours un P. J'en compte treize ou quatorze que j'ai tous reproduits, moins un qui double la vignette au bas et à gauche de ma Planche 17, vignette où un grand dragon ailé sert de montant à la lettre. C'est dire, pour la seconde fois, « que l'œuvre du dessinateur est peu variée » quant à la forme de ses lettres toujours ventrues par le haut et allongées par » leur appendice inférieur, » comme je l'écrivais dans une notice précédente, car je ne peux pas plus varier ma description de ces lettres que l'artiste leur forme : il n'a pas cherché à éluder la difficulté et s'est tenu dans un parti-pris qui ne paraît pas, du reste, l'avoir embarrassé et préoccupé le moins du monde.

La forme étant donnée, il faut reconnaître qu'il l'a dépouillée de sa monotonie par la prodigalité, le plus souvent, des inventions d'un crayon qui se montre fécond, au moins dans la majeure partie de ses manifestations.

Sur le champ d'or qu'enferment les contours de son premier P, celui de l'Epître *ad Romanos*, c'est le portrait du saint apôtre dont les lettres allaient encourager au loin les premiers adeptes du christianisme et leur enseigner ses admirables principes. Saint Paul porte le nimbe étoilé. Le front chauve est d'un penseur ; le livre symbolise l'écrivain ; la main levée, c'est le geste de l'orateur. Toutes les qualités de l'apôtre apparaissent ainsi dans ce portrait très-fin de touche, excellent de ton. Cheveux et barbe roux, robe brune, long manteau bleu. Les montants du P commencent par un entrelacs, enferment un ruban et se terminent en une tête barbue dont je retrouve l'équivalent au pied aussi d'un autre P majuscule. La lettre au portrait est la seule qui n'affecte pas la forme serpentine. Toutes les autres forment leur panse d'un serpent qui menace ou qui mord.

. Un cynocéphale, nu jusqu'à la ceinture, dont le bas du corps est d'un poisson, avale la queue feuillagée d'un dragon qu'il empoigne vigoureusement de la main gauche, tandis que de la droite il s'apprête à le transpercer d'un épieu. Ce P appartient au mot *Principia* des prolégomènes qui précèdent les Epîtres.

La première Epître *ad Corinthios* nous offre le bizarre spectacle d'une espèce de centaure, tête rouge, buste couleur de chair, corps blanc, pattes d'azur, et qui, glaive et queue en mains, semble vouloir se séparer de l'une à l'aide de l'autre. Fond d'or vert. L'intérieur de la haste du P est guilloché d'un zigzag en relief. Ce relief dont je me suis préoccupé et que j'avais cru produit par des traits de peinture épaisse placée à l'avance sous la couverte d'or, est dû à un procédé assez ingénieux, quoique fort simple, à une *ficelle* qui varie les effets et qu'il est bon de signaler parce qu'elle est assez difficile à découvrir, au moins de prime-abord. Dans mon étude sur le manuscrit 108, je viens de montrer la pointe sèche servant à tracer en creux, sur les ors, de fins linéaments qui concourent à l'ornementation. Cette fois, dans le manuscrit 103, c'est la contre-partie du même procédé qui a servi à dessiner en relief ce zigzagué que je signale, et pour cela le motif a été tracé par la pointe métallique à l'envers du parchemin, au verso de la page, lorsque l'or en feuille ou au pinceau avait été déposé et adhérait par le séchage. L'examen du velin démontre cette innocente malice qui se répète une seconde fois sous les ors du montant du P par lequel débute l'Epître *ad Philemonem.*

C'est un lutteur qui se voit sur le P de l'Epître *ad Galathas.* Il a les cheveux bouclés, le torse et les jambes nus ; un pagne bleu, maintenu par une ceinture d'or, lui ceint les reins et lui descend aux genoux. Il se dresse sur le nœud que forme un serpent dont la tête menace et dont la gueule béante est armée de crocs venimeux d'une longueur effrayante. L'homme est aux prises avec l'éternel dragon qui mord les flancs de son adversaire.

Je n'ai pas reproduit la médiocre vignette du P de l'Epître *ad Ephesios :* peu d'invention, mauvaise facture, engendrement de dragons dont je donne, d'ailleurs et plus loin, un exemple préférable.

La miniature de l'Epître *ad Philippenses* est autrement originale, amusante et compliquée. C'est tout un petit drame très-agissant et à quatre personnages, dont trois se réunissent contre un seul, à son grand dam. Le patient est un pauvre diable fort long, fort maigre, fort empêtré, fort peu couvert, car il est nu des pieds à la tête, sauf une espèce de pièce d'estomac ou serviette qu'il porte attachée à l'épaule gauche par une boucle ou fibule. On se demande quel point de sa pudeur il a prétendu couvrir par ce voile blanc qui, lui prenant au cou, n'arrive qu'au nombril. Le sempiternel serpent a saisi l'oreille du pauvre diable qui renverse la tête en arrière avec une atroce grimace de douleur. Un bucentaure infernal, masque bleu, ceinture bleue et queue bleue, s'arc-boute sur un fleuron et va pourfendre le martyr d'un coup d'un terrible cimeterre vert, et, sous les pieds de l'homme nu, une chimère ailée et à queue feuillagée se redresse en saisissant de ses mâchoires un bâton d'or que le patient tient de sa droite cachée par sa serviette, bâton que l'effort de la gouivre l'empêche de soulever pour sa défense.

Plus loin, l'Epître *ad Colossenses* nous montre un cavalier fantastique à cheval sur une monture aussi extraordinaire, un bouc à tête rouge. L'homme est fort occupé à extraire, à l'aide d'un gros épieu, un de ses crocs à un masque satanique, de la gueule duquel sort le montant richement damasquiné du P qui se termine en bas par une tête grave et barbue, dont le profil rappelle certains types de la grande sculpture assyrienne.

Sur un fond gros bleu sombre, une jeune fille, qui rappelle celles du poète latin en ce qu'elle se termine en poisson, *desinit in piscem,* mais à laquelle on ne peut appliquer les épithètes gracieuses *formosa puella,* car elle est affreusement laide avec sa bouche à grandes dents, avec ses seins qui pendent, avec tout son appareil costal qui se montre et saillit sous sa peau jaune ; une jeune fille, dis-je, nue jusqu'au ventre, au corps de poisson peint de pourpre, pourvu de nageoires frétillantes et, à la queue, d'un anneau d'or, de même que sa ceinture est d'or, fait la gracieuse — cette fois, c'est bien la *lasciva puella* d'une infernale bucolique, — avec un gros lion à face bête et verte, au corps ventru de couleur écarlate. La syrène rit au gros lion qui lui rit. Elle lui montre un objet d'or, un disque, qu'elle tient à la main et élève au-dessus de sa chevelure qui ondule en lui tombant sur l'épaule. Le gros lion couche l'oreille en arrière, lève une patte amoureuse et fouette de joie l'air avec la feuille qui sert de houppe à sa queue. C'est la petite pièce comique, après le drame échevelé du patient de tout à l'heure livré à tant de bêtes.

Maintenant, voilà un espèce de chien courant rouge, à tête verte et camarde, qui saisit à la gorge le même dragon, cette fois fort embarrassé d'une orange d'or qui lui emplit la gueule. C'est le P de la seconde Epître *ad Thessalonicences*.

Quant à la première Lettre *ad Thimotheum*, le miniaturiste s'est bien fait réserver une place pour l'illustrer ; mais cette place est restée blanche et vierge, et le nom de l'apôtre est privé de sa majuscule. On ne lit que AULUS en petites capitales romaines. L'intention y était. Est-ce un oubli ?

Mais Thimotée aura sa légitime, sa part, son dû. La seconde Epître à ce disciple de l'apôtre nous offre, dans le champ d'un grand P traité plus simplement que les autres, un grotesque dont la mine refrognée, le corps mal tourné, les pattes crochues ne valent ni ses ailes d'ange, ni le fond d'or sur lequel il se détache. L'invention manque là, et aussi l'idée, car il y en avait une, bien que nous ne la saisissions point, dans les scènes que j'ai dessinées et décrites quelques lignes plus haut.

Il en est de même pour la lettre de saint Paul *ad Titum*. Elle débute par un animal à tête simienne, à corps de race canine, qui mord à la patte le dragon trop connu. C'est cette lettre que j'ai signalée déjà en parlant du petit chien qu'elle contient dans ses rinceaux. Pour sûr, le dessinateur commence à s'ennuyer de son livre. Sa verve s'épuise. Il cherche au fond du sac et n'y trouve plus rien.

C'est ainsi encore que, pour le P de l'Epître *ad Philemonem*, il n'a plus su dessiner que le grotesque de tout à l'heure et de la seconde Epître à Thimothée. C'est le même motif, à quelques variantes près ; c'est dans le montant de cette majuscule que je trouve, pour la seconde fois, la pointe agissant derrière la peau du velin afin de produire dans la couche d'or vert des ornements en relief.

Et enfin, nous aboutissons à une déception avec l'M majuscule de l'Epître *ad Hebreos* qui, à la différence du grand M du manuscrit 108 provenant de Vauclerc, n'affecte ni ampleur, ni originalité.

Cependant, à part l'avortement de la fin du livre, il faut admettre que, comme ensemble, il a une grande valeur au point de vue de la spécialité qui m'occupe. L'artiste y a été si prodigue d'abord qu'ensuite il a tourné de court ; mais il faut toute la sévérité du critique pour apercevoir la fatigue, l'indigence des derniers moments. Groupées par le hasard et la nécessité de l'arrangement (Pl. 17), ces initiales illustrées ne laissent plus apercevoir cette pauvreté et cet ennui, mais au contraire l'esprit, la fécondité et la verve fonctionnant plus activement que je ne l'ai vu encore, et dans un cadre gênant, uniforme et peu inspirateur.

Je finis par cette remarque : c'est que, dans ce fouillis de masques diaboliques, de grotesques, d'hommes à corps d'animaux et d'animaux à corps d'hommes, de cynocéphales, de centaures, de syrènes, de poissons à face humaine, d'hydres chimériques, de dragons volants, de serpents qui se tordent en entrelacs, s'enroulent en spirales, se nouent en arabesques, se fleuronnent et se fleurissent de la façon la plus inattendue, c'est la raillerie qui domine. Rien n'y est sérieux que le buste remarquable de saint Paul, qui se détache en lumière sur l'ensemble. A part cette figure bien comprise et finement rendue, tout est bouffonnerie, farce et rire goguenard. Il semble que le dessinateur, dont l'imagination enfiévrée a inventé ces monstruosités qu'on ne voit qu'en rêve, avait peur de sa fantaisie enfantine et qu'il se fustigeait de ses propres mains avec sa raillerie pour se punir de sa frayeur. On ne peut expliquer autrement tous ces monstres si gais qui ricanent toujours.

Les Bénédictins, dans le *Nouveau Traité de Diplomatique*, avaient dit à l'honneur du XIIᵉ siècle et en parlant des lettres historiées et ornées : « Rien dans la nature » dont ces lettres n'aient emprunté la forme ; mais, après l'avoir pour ainsi dire » épuisée, à force de vouloir raffiner, les enlumineurs et les peintres tombèrent » dans le ridicule et l'extravagant. Toutefois, avant le XIIIᵉ siècle, ils s'en préser-

» vèrent en quelque sorte, si l'on compare leurs productions de l'imagination
» la plus égarée avec celle des siècles suivants. » Ce sont en effet de fiévreux
cauchemars sans fin, d'un caractère tantôt sombre et navrant, tantôt bouffon ;
des monstres incréés, peuplant des mondes impossibles, et qu'un lunatique seul
a dû inventer dans son imagination qui délirait. Ces bêtes apocalyptiques, ces
créatures grimaçantes, ces Vénus lybiennes, ces personnages fantastiques qui
semblent sortir du cerveau en ébullition d'un fou crayonnant sur un mur, sont
évidemment des produits du dévergondage de la pensée humaine. Il faut le reconnaître avec les Bénédictins ; mais comme c'est amusant, imprévu, original ! A ces
bizarreries le talent se mêle. Faut-il les condamner avec tant de sévérité et surtout
vouloir innocenter le siècle à qui revient peut-être le mérite et la responsabilité
sinon de ces inventions fantastiques, au moins de leur emploi dont il ne peut
se défendre ? Et sans croire manquer au respect que l'on doit à nos maîtres en
paléographie, on peut affirmer qu'en fait de création grotesque et de fantaisie,
ces siècles, le XIIe et ceux qui suivirent, ne se doivent absolument rien.

XXIII.

MANUSCRIT N° 120.

(Planche 18).

In-folio sur velin. Ce manuscrit qui porte, sur le dos de sa reliure moderne, cette fausse indication : *Sancti Gregorii sacramenta*, que M. Ravaisson a reproduite en la complétant ainsi : *Sancti Gregorii liber sacramentorum*, est un missel du xII^e siècle, incomplet et horriblement maltraité par l'humidité qui en a déformé et sali les feuillets.

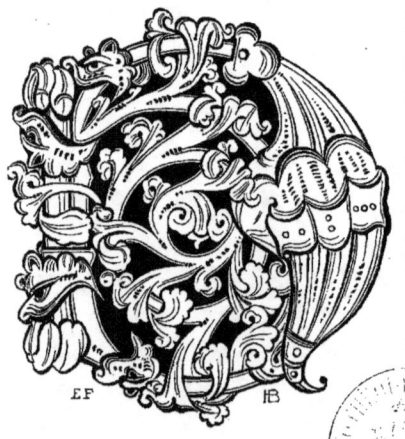

E petites lettrines onciales à l'encre rouge parsèment à l'infini une grosse écriture assez commune.

Au folio du quatrième ou cinquième feuillet, l'œil est attiré par la préface : *Per omnia secula*, etc., écrite en grandes onciales maigres de fantaisie, dont les lignes sont alternativement noires et rouges. Le P du mot *Per* est une très-grande et très-remarquable capitale, d'un dessin hardi et habile. C'est touffu, feuillu, plein de verve (Pl. 18).

Au revers est une magnifique tête de page du même style et de la même perfection (Pl. 18), avec plus de richesse encore peut-être et plus de sûreté de composition et de plume. Comme ces monstres chimériques sont bien perdus parmi ces ornements inextricables! Comme l'œil s'égare avec plaisir dans ce savant dédale !

Sous cette tête de page on voit un T dessiné dans le même goût, mais que l'humidité a effacé en partie.

L'office des vigiles de la Nativité, une oraison de fin de messe, une autre en mémoire de saint Silvestre, pape, débutent tous les trois par un D majuscule rappelant exactement, à moins de détails près, la tête du P que j'ai reproduit. Celui que je donne à la page précédente est le type exact des deux autres.

Enfin une oraison de la messe de la Toussaint commence par la petite capitale O du mot *Omnipotens*. Je la donne aussi (Pl. 18) pour montrer que si le dessinateur a enrichi le manuscrit 120 des beaux produits de sa plume, il ne les a que très-peu variés de motifs.

Toutes ces gracieuses lettres et la tête de page sont dessinées à l'encre noire, et les veines des feuillages à l'encre rouge. Elles se détachent sur un cadre rectangulaire qui, peint et parti en rouge, jaune, bleu et vert, leur sert de fond. Le dessin lui-même n'a pas été mis en couleur et ressort donc en blanc sur le fond d'ailleurs légèrement teinté.

Pl. 18.   XII° Siècle.   MSS. 120 et 42.

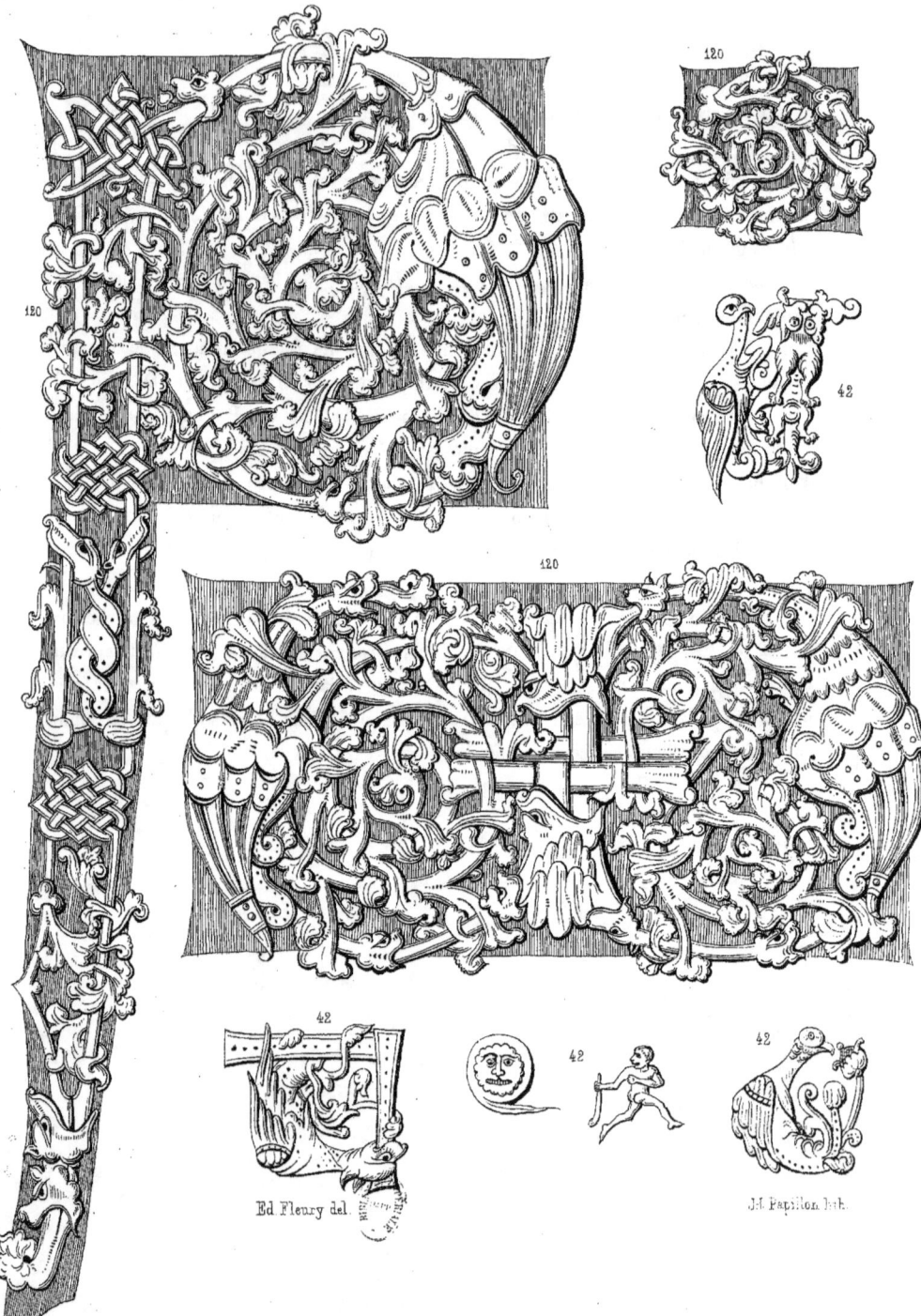

Ed. Fleury del.   J.J. Papillon lith.

BIBLIOTHÈQUE DE LAON

XXIV.

MANUSCRIT N° 78.

(Planche 19.)

In-quarto sur velin. Recueil avec ce titre moderne : *Codex Bibliothecæ regalis abbatiæ sancti Vincentii Laudunensis, complectitur commentarios in Evangelium Johannis, in Epistolas Jacobi, Petri, Johannis et Judæ.*

Bien que M. Ravaisson attribue ce manuscrit au xiiie siècle, je ne puis encore partager son avis, et sans crainte d'erreur je le restitue, d'après tous ses caractères, au xiie, à l'exception de l'écriture apposée au recto du premier feuillet, écriture qui appartient évidemment au xiiie siècle et dont la première ligne, *Johannes evangelista et apostulus*, commence par un grand I à crochet qui appartient à la période comprise entre les dernières années du xiie siècle et la première moitié du suivant.

Le texte forme toujours une étroite colonne d'écriture à main posée, qu'encadre à droite et à gauche la glose écrite en caractère plus fin, texte et glose ressemblant à ceux de ces beaux manuscrits de Vauclerc que M. Ravaisson donne à juste titre au xiie siècle.

Ce qui me confirme encore dans ma pensée, c'est la physionomie et l'ornementation de plusieurs des majuscules, souvenir du genre anglo-saxon, qui commencent les grandes divisions du manuscrit nº 78, et qui ont un aspect si frappant de fraternité et de contemporanéité avec celles du manuscrit nº 120, qu'on les croirait sorties de dessous la même plume : un P, un Q, deux S.

 E détachant, comme celles du manuscrit 120, en blanc sur un fond d'encadrement peint, à teintes plates, de jaune, de bleu, de vert, de brun et de vermillon, ces lettres sont aussi, comme leurs sœurs, tracées à l'encre noire à l'extérieur, et intérieurement ornées et pointillées à l'encre rouge. Ce sont les mêmes enlacements de feuillages, de fleurons, de dragons, inextricable labyrinthe où l'œil se perd sans se fatiguer, alphabet charmant.

Trois I majuscules, l'un assez simple, les deux autres d'une invention fantastique poussée jusqu'à la folie, diffèrent des grandes lettres que je mentionne plus haut par le style seulement ; car c'est le même fond écartelé de couleur, et ce sont les mêmes encres.

Pl. 19.　　　　XIIe Siècle.　　　　MSS. 74 et 78.

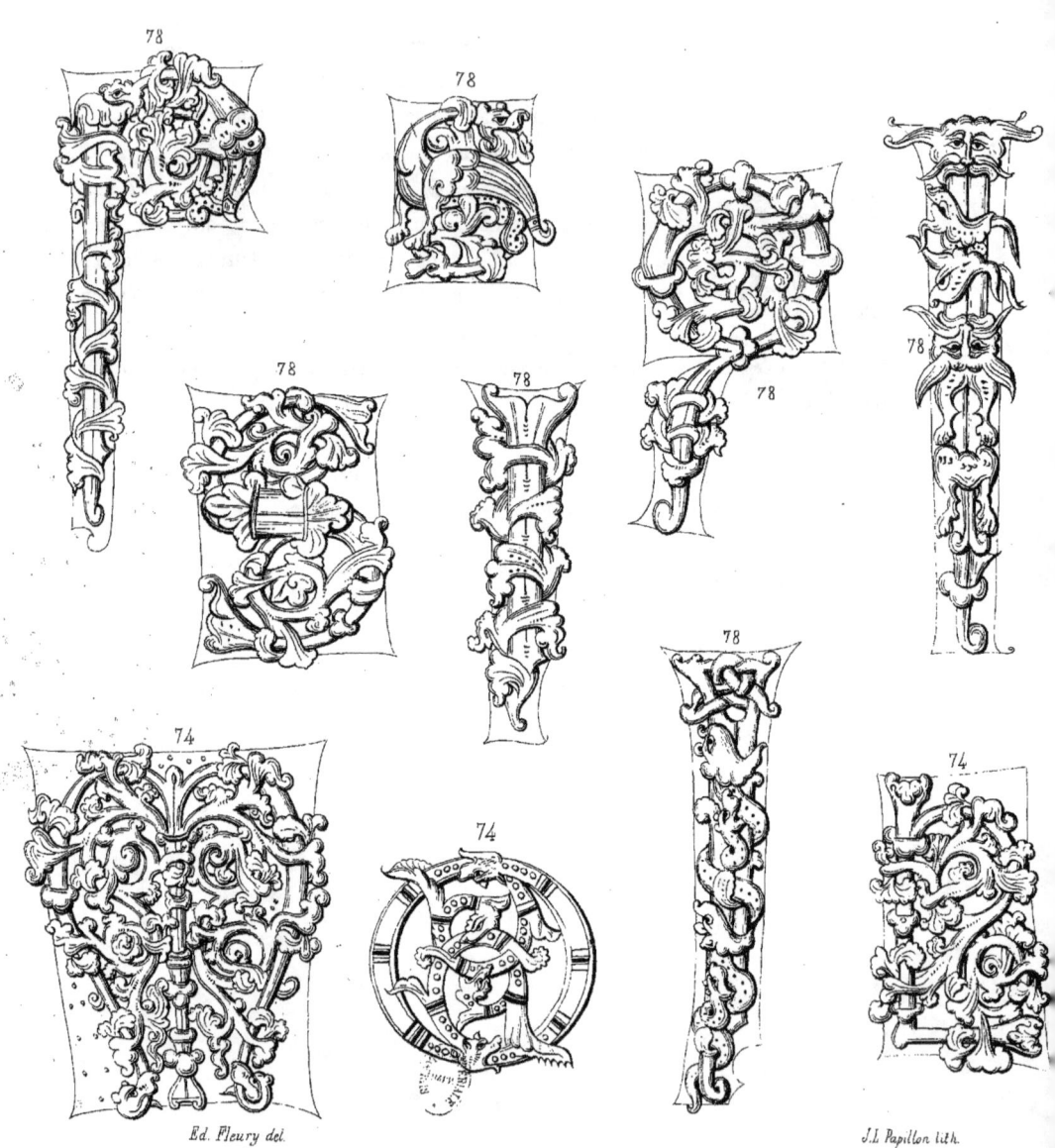

Ed. Fleury del.　　　　　　　　　　　　　　　J.L. Papillon lith.

BIBLIOTHÈQUE DE LAON.

XXV.

MANUSCRIT N° 74.

(Planche 19).

Petit in-quarto sur velin. Recueil. L'évangile selon saint Mathieu et glose. Cantique des Cantiques et glose.

Je n'admets pas plus pour ce manuscrit, provenant aussi de St-Vincent de Laon, que pour le précédent, l'attribution du xiiie siècle. L'M capital du mot *Matheus* (Pl. 19), et le grand L du mot *Liber* procèdent trop nettement de l'idée qui a créé et orné les majuscules du manuscrit 120 (Pl. 18), pour que je puisse les séparer. Toutes ces gracieuses lettres se tiennent intimement; on pourrait, dans ces trois manuscrits, les croire dessinées par la même main. Si le numéro 120 est du xiie siècle, les numéros 78 et 74 en sont aussi. Si ces deux derniers appartiennent au xiiie, il faut lui restituer l'autre. Il n'y a pas de milieu.

Le disque qui enferme un entrelacs de feuillages et de serpents pour former un O (Pl. 19) au début du livre du Cantique des Cantiques, diffère essentiellement de l'M et de l'L. Cependant il est bien aussi dans l'esprit et les habitudes du calligraphe du xiie siècle.

Ce sont les seules majuscules ornées de ce manuscrit qui n'offre rien autre chose digne d'attention.

XXVI.

MANUSCRIT N° 42.

(Planche 18.)

Grand in-quarto sur velin. *Commentarius sancti Hieronimi in duodecim minores Prophetas.*

Lors même que ce manuscrit ne porterait pas en tête de son premier feuillet la mention : Abbaye de Vauclerc, on pourrait sans hésiter l'attribuer à cette célèbre collection, tant il en a bien toutes les attaches : heureux choix de parchemin, disposition sur trois colonnes, le texte avec commentaires interlinéaires, et la glose sur les marges, écriture correcte et régulière, couverture simple, unicolore et de bon goût.

Comment se fait-il que les douze capitales qui se trouvent en tête des divers livres des douze petits Prophètes soient si peu en rapport avec cette belle calligraphie, soit par leur dimension, soit par leur style. Deux H feuillagés sont d'une vulgarité qui ne rappelle pas l'imagination et l'invention du temps. Le V du premier verset du livre d'Osée, celui qui commence le livre du prophète Johel, ont peu d'originalité, le premier avec sa chimère pendue par les pieds à une potence (Pl. 18), le second avec son perroquet qui becquette une fleur de chardon. Un troisième V, au début du livre d'Amos, groupe une sorte de gouivre et un hibou dont la tête est à l'envers (Pl. 18).

 N Q de dimension microscopique enferme dans ses enroulements la face du soleil ou d'un lion, sans plus d'effet de surprise. Le prologue sur le livre du prophète Amos possède un A (Pl. 18) qui est toute une énigme : un petit homme tout nu, de figure simienne, dont la bouche clame, porte à la main une sorte de *pedum* ou de massue, et court à toutes jambes. Le dessinateur a-t-il voulu représenter là le prophète Amos lui-même dont saint Jérôme dit : *Amos pastor et rusticus :* c'était un pâtre et un rustique ?

Après les remarquables dessins du manuscrit 120, le contraste est frappant. Trait empaté ; dessin à la plume ; pas de couleur.

XXVII.

MANUSCRIT N° 251.

(Planche 20).

In-folio sur velin. *Lectionarium*. Très-beau manuscrit à tous les points de vue : parchemin, encre, écriture, conservation. Il provient de l'abbaye de Cuissy.

De ses cinq capitales que je reproduis en ma Planche 20, trois, un I, un V et un F, n'ont rien qui mérite une attention spéciale. Il n'en est pas de même de l'F majuscule du mot *Fratres* par lequel débute l'Epître de saint Paul aux Romains, et de l'autre F qui se trouve à la première page du Commentaire de saint Sylvestre sur l'Epître de saint Paul aux Hébreux.

La plus petite de ces lettres nous offre pour la première fois l'accouplement de deux majuscules, F R, qui s'engendrent et se relient par un appendice commun, ruban, rinceau ou fleuron. Sur le montant de l'F, un personnage grotesque, dont l'attitude et les vêtements collants rappellent certaines figures des hyéroglyphes égyptiens, supporte un léopard de la bouche duquel sortent des spirales de feuillages et de fleurs. La lettre R se rattache au bras de l'homme agenouillé ; une hydre ailée sort des entrelacs. Cette double capitale a cela d'original que, n'étant pas peinte, la nuance des objets est indiquée par des traits à l'encre

Pl. 20.   XIIᵉ Siècle.   MSS. 251 et 225.

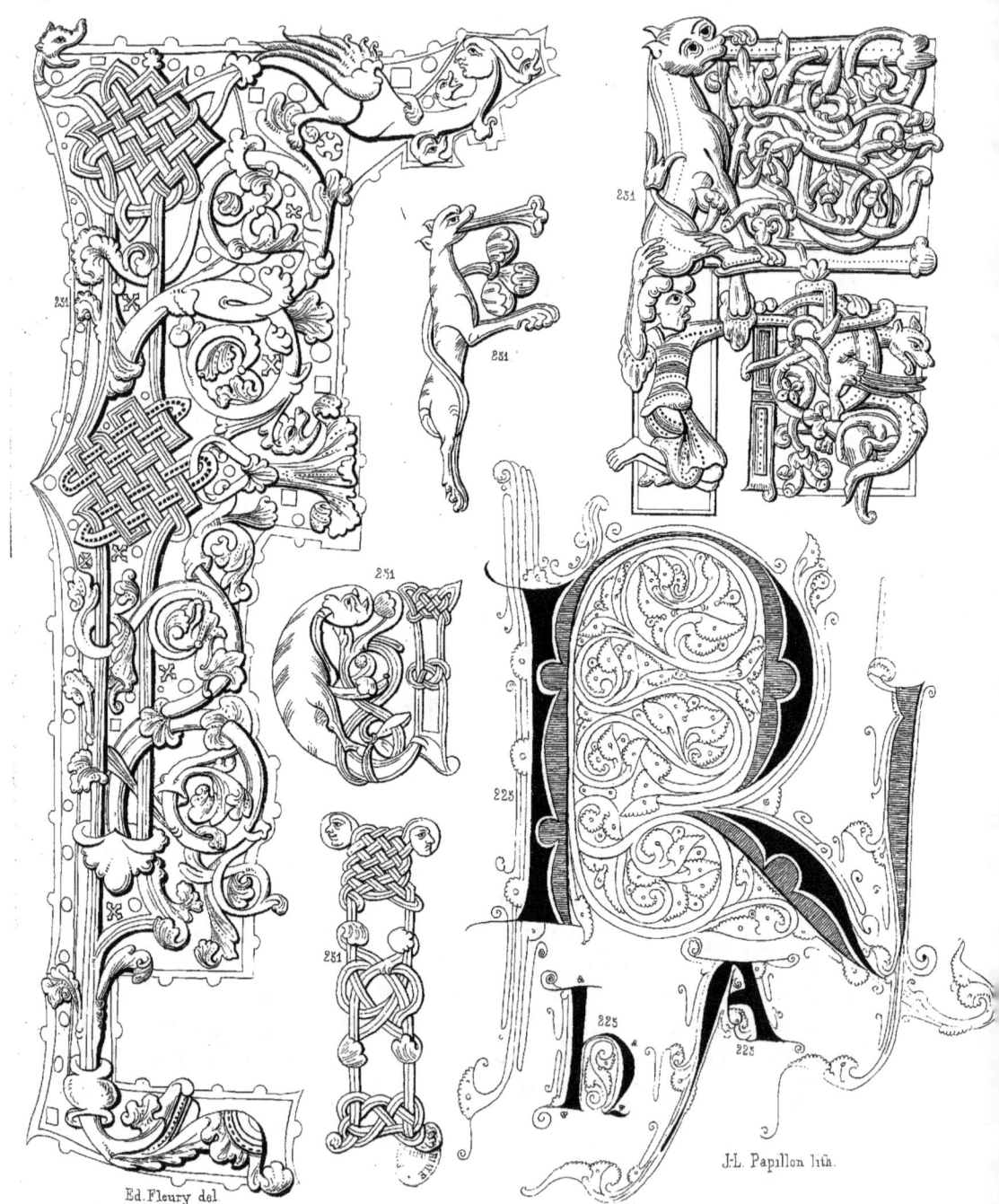

Ed. Fleury del.

J·L. Papillon lith.

BIBLIOTHÈQUE DE LAON.

de couleur rouge, verte et bleue. Les entrelacs du haut sont dessinés à l'encre noire. Le léopard passant du plus petit des trois F est tracé en vert et doublé de traits fins de vermillon. Au contraire, le dragon du V est rouge et pointé de vert, de même que l'I entrelacé et à deux têtes de profil.

Le splendide F tournure (1) de l'Epître de saint Paul aux Hébreux, qui sert d'initiale aussi au mot *R'S (fratres)* et d'encadrement à la page entière qu'il domine par en haut et sur le côté gauche avec sa harpie, et par en bas avec un fleuron qui se développe à angle droit, est tout entier dessiné et pointé à l'encre rouge sur un fond tantôt vert intense, tantôt bleu de roi, tantôt jaune gouaché de blanc. C'est d'un grand effet. Cette majuscule n'a qu'un défaut : celui d'être un peu compliquée. Elle eût beaucoup gagné si le fond eût été moins chargé de disques, carrés, croisettes et croix recroisettées qui se découpent en blanc, en alourdissant le dessin d'une si charmante fantaisie.

(1) L'F majuscule du manuscrit n° 437 de la bibliothèque de Cambrai (XIIᵉ siècle), donné par M. Durieux, rappelle singulièrement celui que je reproduis (Pl. 20) et confirme sa date. (*Les Miniatures des Manusc. de la Bib. de Cambrai*, pl. 5.)

XXVIII.

MANUSCRIT N° 582.

(Planche 21).

Petit in-folio sur velin. *Missalis Laudunensis.*

Ce missel, qui provient de la collection du Chapitre de la cathédrale de Laon, prouve beaucoup d'usage et a beaucoup souffert ; il n'offre à notre attention qu'un accouplement d'initiales, P et V, et une miniature pour l'élévation de la même messe. Le grand P majuscule appartient à la phrase de la préface *Per omnia secula seculorum*, et le V à celle *Vere dignum et justum est* ; ils illustrent la première page du feuillet dont le verso est orné de la miniature que je donne en ma Planche 21.

Les dix premières lignes de la préface qui sont écrites en majuscules de pure onciale, la raideur du prêtre recueillant en son calice le divin sang du Sauveur, l'accoutrement de l'accolyte qui s'incline au moment où les saints mystères s'accomplissent, la laideur du Christ assis entre les deux jambes du V me font penser que ce manuscrit appartient à la fin de la première moitié du xiie siècle, et c'est en tête des notices sur les manuscrits de ce siècle que j'aurais placé celle-ci, si j'avais, à mon premier examen, connu ses miniatures ; mais tout d'abord elles m'ont échappé, comme elles paraissent avoir aussi échappé à M. Ravaisson qui n'en n'a point parlé, ce qu'il n'aurait pas manqué de faire s'il les eût aperçues, car il en a signalé de moins intéressantes.

Pl. 21.   XII° Siècle.   MSS. 238 et 70.

BIBLIOTHÈQUE DE LAON

La miniature de l'élévation surtout a beaucoup de caractère. C'est la première fois que nous voyons le dessinateur sortir du cadre un peu banal de la lettre illustrée pour tracer une scène complète et compliquée, un vrai tableau où les personnages ont plus de dimensions et d'ampleur que d'habitude, où les vêtements et les accessoires sont bien traités, où règne, en même temps que la simplicité naïve et la dignité, un vif sentiment de religiosité et de foi.

Portés sur des nuages, le Christ en croix, le prêtre debout près de l'autel et l'accolyte, avec le soleil et la lune pour témoins des saints mystères, se détachent sur un fond quadrillé de lignes vertes et bleues.

La composition de ce drame religieux vaut mieux que son coloris qui est terne, faux, mauvais de ton. Les couleurs sont grossières, mal préparées, mal appliquées et ont passé. Leur aspect blafard rappelle les mauvais jours des deux siècles précédents, sans que cependant on puisse leur attribuer ce manuscrit dont l'écriture gothique porte sa date d'époque.

Ce missel foisonne, d'ailleurs, de petites capitales bleues, rouges et vertes, lourdes de forme, empâtées, parmi lesquelles se rencontrent aussi quelques majuscules assez pauvres de style, ce qui prouve que, même en ce siècle de

progrès et on peut dire de perfection relative, certains artistes et certaines œuvres sont restés bien loin en arrière de ceux qui avaient fait avancer l'art. Le grand O que je reproduis ci-contre donne, par sa forme massive, par son agencement, une idée exacte de ces grosses lettres que l'on trouve, d'ailleurs, dans beaucoup de missels de cette époque et du siècle suivant.

XXIX.

MANUSCRIT N° 70.

(PLANCHE 21.)

In-quarto sur velin. RECUEIL. Evangile selon saint Mathieu et glose. Extraits des Décrétales de Grégoire IX et Boniface VIII sur les clercs. Livre de Job et glose. Toutes ces pièces sont de l'écriture du XIIe siècle. *Excerpta sententiarum magistri Petri*, manuscrit du XIIIe.

Sur la garde on lit: *Lib. Sce. Marie Vall. Clare.* Cependant M. Ravaisson le fait venir de la collection de Cuissy. C'est une erreur d'attribution.

C'est en tête d'une introduction au livre de Job que se trouve la remarquable miniature que je reproduis en ma Planche 21: un pape, un père de l'église, nimbé, coiffé d'une tiare à deux cornes, souvenir de l'église orientale, est assis sur un fauteuil dont les bras sculptés sont formés de deux têtes d'animaux, les pattes de ces monstres assurant ce siège sur le sol. Vêtu d'une longue robe blanche recouverte d'un manteau rouge qu'une agrafe retient au cou, tenant en main le livre saint, le pontife, qu'inspire le Saint-Esprit sous la forme d'une colombe perchée sur l'épaule droite du prélat (1), dicte ses commentaires à un clerc qui, assis

---

(1) Le man. 9915 de la Bib. de Bourgogne, à Bruxelles, *Gregorii papæ dial.*, nous montre aussi le même

sur un escabeau à pied richement sculpté, écrit sur les feuillets d'un immense volume avec la plume qu'il tient en sa main droite, tandis que de la gauche il tient ou un canif, ou un grattoir plutôt, peut-être un graphe. Le clerc, qui est barbu comme le pontife, est vêtu d'une robe verte. Il est tonsuré. Sa chevelure est longue. Sans doute il avait nom *Pierre*, puisque au-dessus de sa tête on voit les quatre premières lettres et l'abréviation qui forment le mot *Petrus*. M. Ravaisson pense que le pape qui dicte doit être saint Grégoire, auteur du Commentaire sur Job.

Toute cette scène se passe sous un riche dôme soutenu par des colonnes avec chapiteaux romans. Le pape est assis sous un dais que forme autour de lui une étoffe somptueuse, retombant en baldaquin et à larges plis. Sous le bâton le long duquel glisse ce rideau, et à gauche de la scène, des raies ondées figurent un nuage d'où descend une main qui bénit à la grecque.

Le dessin est tracé avec des encres rouge et brune. Les fonds sont variés de vert et de vermillon, le manteau du pape et la robe du clerc traités à teintes plates, sans aucune indication de relief ou d'ombre. Les plis s'indiquent avec un trait brun à la plume et, du côté de l'ombre, ce trait s'empâte un peu pour faire tourner l'objet. En somme, c'est une simple esquisse rehaussée de couleur.

Au verso et derrière cette miniature se voit une petite majuscule illustrée, le V du premier mot du livre de Job : *Vivebat*. Entre les bras du V, Job tout nu dort sur son fumier et un ange lui apparaît en songe. Cette lettre a été traitée très cavalièrement. L'ange, qui se détache sur un fond d'or, porte une robe brune dont la teinte a servi pour les cheveux du dormeur. Quelques indications bleuâtres dans les fleurons de la majuscule. C'est moins fini qu'indiqué. Le manuscrit valait cependant plus de peine. Il est d'une charmante main, la glose marginale surtout.

pontife inspiré par le St-Esprit sous la forme d'une colombe et dictant à un clerc ; le pape porte la même tiare nimbée à deux cornes. *(Le Moyen-Age et la Renaissance.)*
Ce sujet d'écrivain dictant à un scribe a souvent inspiré les miniaturistes du XIIe siècle. Nous en verrons deux preuves dans une des études qui vont suivre.
L'évangéliaire dit de St-Médard nous montre le même scribe, sous le même costume à peu près, tenant à la main le même instrument. C'est un portrait de saint Mathieu écrivant son livre d'Evangiles.
Le *grafe* se retrouve entre les doigts de saint Luc, et près de lui le même pupître, sur une miniature de la Bible dite des Célestins (Bib. Imp., IXe ou Xe siècle.) M. de Bastard, *passim*.

Ire Partie. — F. 28

XXX.

MANUSCRIT N° 243 bis.

(Planches 22, 23 et 24).

In-quarto sur velin. *Evangéliaire* ou Recueil de divers extraits : le commencement de l'évangile de saint Mathieu, la généalogie divine ; le commencement de l'évangile selon saint Jean, *In principio erat Verbum* ; des extraits de saint Mathieu pour la fête de saint Etienne, premier martyr ; de saint Jean pour la fête de cet apôtre lui-même ; de saint Luc pour la Circoncision ; du même évangéliste pour la Purification ; la Passion selon saint Mathieu ; l'extrait de saint Marc pour la fête de Pâques ; du même pour l'Ascension ; de saint Jean pour la Pentecôte ; de saint Luc pour la fête de saint Jean-Baptiste ; de saint Mathieu pour celle de saint Pierre et de saint Paul ; de saint Jean pour la Saint-Laurent ; de saint Luc pour l'Assomption ; de saint Mathieu pour la fête de saint Augustin ; de saint Mathieu pour celle de saint Michel archange ; du même pour la Toussaint ; de saint Luc pour la Dédicace du Temple ; enfin deux extraits de saint Jean pour des solennités non indiquées.

Chacun de ces extraits débute par une capitale illustrée, et l'ensemble de ces belles lettres mérite une attention toute particulière, en faisant de ce livre, qui ne contient que vingt-trois feuillets, un digne pendant au magnifique Evangéliaire du ix⁰ siècle d'où j'ai extrait mes Planches 7, 8, 9, 10 et 11.

Ed. Fleury del.   J-J. Papillon lith.

BIBLIOTHÈQUE DE LAON.

Sur un fond d'or, l'évangéliste saint Mathieu nous apparaît encadré dans un
L majuscule (Pl. 2?) et écrivant la généalogie de Jésus-Christ, fils d'Abraham,
fils de David. L'apôtre est nimbé d'azur cerclé de noir, les cheveux tombant sur
les épaules ; son doux visage calme\et pensif, qui rappelle les traditions bysantines,
est entouré de barbe. Ses pieds nus, ses mains effilées, mais bien dessinées,
se sentent des influences de l'art grec. Les plis de sa robe blanche et de son
manteau rouge l'enveloppent avec élégance. De la droite il tient l'instrument, ou
d'ivoire ou de roseau, avec lequel on écrivait sur les tablettes de cire, le *grafe*,
comme on disait au moyen-âge (GRAPHÒ, *griffel* en allemand), le *graphium* pour
parler le langage un peu pédant des archéologues modernes. Dans sa gauche on
voit ou un large canif pour affiler le graphe, ou peut-être le polissoir à l'aide
duquel on corrigeait sur la cire, ou encore le brunissoir à l'or (1). Le livre sur
lequel il trace sa sainte relation repose dans une boîte ou coffret porté par un
pupître à trois pieds, sur la planchette duquel le miniaturiste, qui n'a rien voulu
omettre, a fait figurer l'écritoire de corne.

U feuillet suivant, le même sujet se répète en petit. Cette fois,
le grand N du mot *IN* nous montre (Pl. 22), toujours sur un
fond d'or d'un éclat surprenant, l'apôtre de Pathmos écrivant ses
souvenirs pour l'éternité. L'attitude, le style des vêtements, des
accessoires et des meubles rappellent la miniature précédente ; la
figure est plus juvénile.

C'est toute une scène que le P du mot *Postquam* par lequel commence l'évangile
du jour de la Purification. Le grand-prêtre (Pl. 22) offre à l'Eternel l'enfant Jésus
qu'il tient assis sur ses bras. L'accolyte va laisser envoler les colombes qu'il serre
sur sa poitrine. Le divin fils de Marie porte le nimbe crucifère. L'honneur et les
douleurs de la croix lui sont réservés.

(1) « Je n'ai jamais pu voir, sur le velin des manuscrits, la figurine qui représente l'enlumineur, sans y
» arrêter quelque temps mes regards et ma pensée. Le visage du moine est calme et sérieux. Une légère
» couronne de cheveux entoure sa tête rasée. Il est enveloppé par une robe de bure aux plis lourds et
» symétriques. Assis sur un escabeau de bois sculpté, il incline la tête vers le lourd pupître qui porte un livre
» d'enluminures encore inachevé, et sa main, à l'aide de la *plume* ou du *brunissoir*, place l'or, l'argent ou les
» couleurs brillantes........ » (M. l'abbé Dehaisnes. *De l'Art Chrétien*, page 99.)

Le Christ nous apparaît portant encore le nimbe crucifère, quand le peintre du XIIᵉ siècle l'attache, comme à un poteau, à l'I majuscule du mot *IN* qui commence la Passion selon saint Mathieu, et quand il le fait fouetter de verges par ce juif à figure sinistre, bourreau vêtu de rouge, affublé d'un bonnet japonais, et dont les jambes minces se finissent en pieds démésurés et chaussés de la poulaine à bouts pointus (Pl. 22).

N illo tempore, c'est par cette phrase consacrée que commencent la plupart des évangiles ; c'est donc une nombreuse série d'I majuscules qui se succèdent presque à chaque page et dont je reproduis les principaux dans mes Planches 23 et 24, sur cette page et la suivante. Pour l'évangile de la fête de saint Michel, l'archange, couronné d'étoiles, lance en main, bouclier sur la poitrine, foule aux pieds le dragon infernal dont les replis squammeux et gonflés de pustules vénéneuses, s'enroulent autour des montants de la lettre. Du haut de l'I de l'évangile pour la fête du saint martyr Etienne revêtu de ses habits diaconaux à coupe étrange, Jésus-Christ appelle à lui dans sa gloire le lapidé qui l'implore en tendant les mains vers le ciel, à ses derniers instants. Lorsque saint Jean fut prêt pour l'autre vie, et cette fois le dessinateur lui donne une figure de vieillard, le Christ lui tend la main du haut aussi de l'I de l'évangile qu'on lisait à la messe de la fête de l'apôtre inspiré dont l'aigle est le symbole. Un docteur à la longue robe blanche illustre l'I de l'extrait pour la fête de saint Augustin, et l'œuvre immense de ce savant père de l'église est symbolisé par l'énorme volume qui n'écrase point la main qui le porte. Ces trois miniatures offrent le plus grand intérêt pour l'histoire du costume ecclésiastique pendant le XIIᵉ siècle.

L'évangile pour la Saint-Laurent et l'extrait qui termine ce riche Evangéliaire nous offrent deux de ces bizarreries comme le moyen-âge en a tant dessinées ou sculptées, et dont il ne nous a point

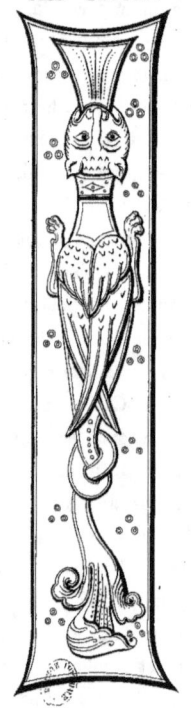

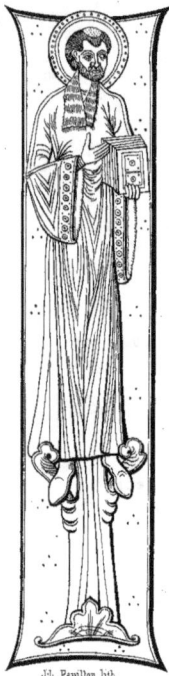

Pl. 23.

XIIᵉ Siècle.

MS. 243 bis.

Ed. Fleury del.

J-L. Papillon lith.

BIBLIOTHÈQUE DE LAON

Pl 24.

XIIᵉ Siècle.

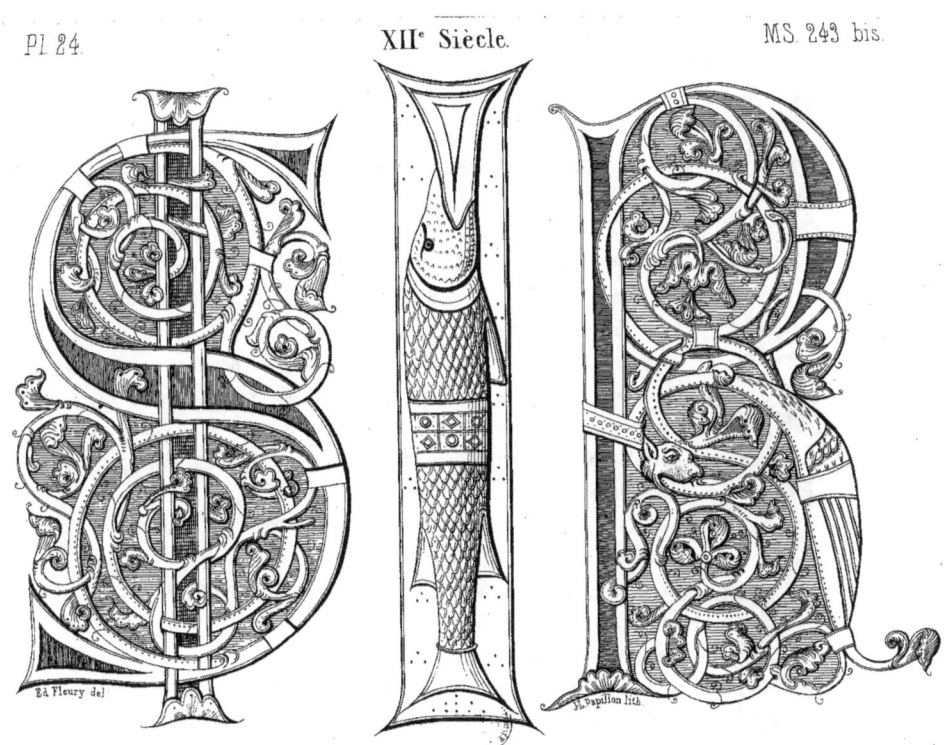

BIBLIOTHÈQUE DE LAON.

laissé l'explication. Le monstre ailé et griffu, dont la queue nouée se termine en fleuron d'or (Pl. 23), et l'énorme poisson (Pl. 24) à la tête, à la ceinture, aux nageoires et à la queue d'or, ne sont nullement en situation et n'ont aucun rapport avec les *excerpta* qu'ils bordent du haut en bas de la page.

E n'ai pas reproduit trois autres I majuscules plus simplement fleuronnés, entrelacés, décorés, de même que j'ai dû, quel que fût mon regret, sacrifier un bel enlacement composé d'un P et d'un C appartenant aux évangiles de la Circoncision et de l'Epiphanie, un autre enlacement d'un M, d'un I et d'un N ornant l'évangile de Pâques, pour me borner à reproduire la splendide lettre tournure, un R, du jour de l'Ascension, et l'enlacement des deux lettres conjointes S I (Pl. 24) de *Si quis diligit me* de l'évangile de la Pentecôte.

Jamais main ne se montrera plus exercée. Le dessinateur des siècles suivants fera aussi bien; il ne fera jamais mieux, ni plus complet, ni plus grand. Ces capitales sont vraiment des chefs-d'œuvre de composition et d'agencement. Ce sont des types de hardiesse, de goût, de victoire sur la difficulté.

Il n'y a pas de manuscrit, je ne parle pas seulement de la Bibliothèque de Laon, il n'y a nulle part peut-être de manuscrit qui, eu égard surtout à son importance, quarante-six pages seulement, égale celui-ci pour la beauté, la perfection et le nombre de ses miniatures.

La couleur est toujours bonne. Les verts seuls se sont un peu assombris; mais les bleus sont limpides, les rouges très ardents, les linéaments et filets gouachés de blanc opaque, très purs, très vifs. L'encre du trait affecte un noir intense qui découpe purement le dessin. L'or, qui a deux teintes, l'une rougeâtre, l'autre ardente, éclate et chatoie. C'est sur l'or, étendu en couche vigoureusement décapée et brunie, que le dessin principal est tracé et peint. Ce procédé donne à la couleur une grande épaisseur et la rend solide à l'œil. Comme toujours, l'argent, dont le miniaturiste a fait un large emploi, a tourné malheureusement au noir et affecte des tons de bronze passé au feu.

L'écriture est en parfait rapport avec l'illustration. Chaque alinéa commence par une petite capitale rouge ; je donne dans ce texte les deux principales.

Ce précieux manuscrit du XIIe siècle, que M. Ravaisson ne semble point avoir connu, ou du moins qu'il n'a pas catalogué, manque de reliure. En ce moment, il n'a pour sa conservation qu'une simple feuille de parchemin mal attachée et doublée d'une soie rouge. Et cependant ce n'est point dans cet état que le moine miniaturiste, qui l'a reçu des mains du moine écrivain, l'a confié à celles du moine relieur *(lieeur)* qui, après en avoir attaché les différents feuillets par les ligatures faites sur cordes, l'a enrichi, nous le savons, d'une couverture dont les plaques d'or bosselé, ou d'argent niellé, ou d'ivoire ciselé, ont été fabriquées les unes par le moine orfèvre, ou les autres par le moine sculpteur, et pour certain toutes incrustées de pierreries, et enfin a transformé ce livre-joyau en un reliquaire, ainsi que va me l'apprendre dans un instant une curieuse citation que j'emprunte à la première page de l'Évangéliaire lui-même et dont je reproduirai le texte. Ce texte va nous dire que, sur la plaque supérieure du livre, (*in majestate,* c'est-à-dire sur un chef-d'œuvre, la partie vraiment supérieure, majestueuse du livre), un médaillon dessiné en forme de croix, *in cruce,* recouvert sans doute de cristal, dont l'encadrement précieux était peut-être serti de perles et de pierres de couleur, renfermait des reliques de saint Cosme et de saint Damien, de saint Nicolas, de saint Arbogaste, de plusieurs vierges et martyres. C'est sans doute dans les médaillons d'angles de cette plaque de couverture, dont je ne puis me faire qu'une idée approximative et tout à fait insuffisante, qu'étaient contenus un fragment de l'étole de saint Etienne, premier martyr, des parcelles des robes d'une ou de plusieurs des onze mille Vierges, une dent de saint Pancrace, des reliques de saint Jacques, de saint Florent, de saint Blaise, etc.

Nul ne peut mieux témoigner de la perfection de la reliure que la perfection de la calligraphie et de l'enluminure, *volumen adperfectum,* a dit si naïvement, mais avec tant de raison l'écrivain. Le musée de Cluny, des collections particulières possèdent de ces magnifiques plaques que le goût le plus ingénieux, la richesse des métaux, l'accouplement des pierreries, la profusion des émaux, l'art le plus fini nous donnent comme exemple du soin qu'on prodiguait aux beaux Missels, aux Lectionnaires, aux Evangéliaires des *librairies* à cette époque qui, malgré le vandalisme de quatre siècles, nous a laissé tant de chefs-d'œuvre.

Personne ne saura jamais à quel moment cette splendide couverture (la Bibliothèque de Laon est très pauvre en produits de l'art du *lieeur* antique) fut perdue. Probablement, ses plaques, si elles étaient d'ivoire, ont été bêtement brisées par les révolutionnaires, ou fondues par eux si elles étaient de métal précieux. Je n'en veux pour preuve que ce qu'ils ont écrit eux-mêmes dans un inventaire dressé, le 10 septembre 1792, par les commissaires du district de Soissons, des richesses du Trésor de la cathédrale de cette ville. Ce Trésor renfermait deux Evangéliaires précieux du ixe ou du xiie siècle, dont la reliure d'argent massif ne pesait pas moins de seize marcs sans parler des pierreries. Pas un mot de cette reliure comme objet d'art ; on ne constate que le poids du métal précieux. Dans mon livre du *Clergé du département de l'Aisne pendant la Révolution* j'écrivais (T. II, p. 201) : « On peut imaginer ce qu'il y avait eu là de science, de » dessin, d'imagination, de ciselure, de fin repoussé, peut-être d'émaux, de nielles, » de ces beautés qu'un inventaire de révolutionnaires n'a point cataloguées parce » qu'elles ne pouvaient s'estimer au poids. »

Sans doute, la couverture de l'Evangéliaire de Laon, si nu, si frileux aujourd'hui dans sa garde de soie passée de ton, périt à la même date que celles des deux Evangéliaires de Soissons. Ce que je puis affirmer, c'est qu'elle exista, et c'est le manuscrit lui-même qui va me l'apprendre.

Plusieurs fois déjà, notamment dans l'étude que j'ai consacrée au manuscrit du ixe siècle no 199, les *Canons du quatrième Concile de Latran*, dans celle ensuite où j'ai traité du manuscrit 162, les *Morales de saint Grégoire*, j'ai vu l'écrivain vouer aux plus terribles malédictions celui qui volerait ou déplacerait l'œuvre qu'il a tracée (*desudavi*, que j'ai suée) pour l'honneur et l'opulence de la grande collection que chaque abbaye entreprenait et enrichissait à l'incitation et à l'envi des monastères voisins.

Ici encore l'écrivain de l'Evangéliaire précieux dont je m'occupe fulmine l'anathème contre celui qui volerait ou mutilerait son livre, comme il appelle les bénédictions d'en haut sur ceux qui l'étudieront et l'envelopperont de leur protection. Aux premiers l'enfer et ses fournaises de poix et de soufre ; qu'il y soit jeté comme un traître et un voleur, et que sa mémoire y périsse à jamais.! Aux autres il promet que Dieu leur donnera tout ce qu'il réserve à ses Saints et à ses bien-aimés.

Je n'ai pu résister au désir de publier cet anathème qui revêt ici une ampleur que je ne connaissais point encore :

N majestate hujus libri continentur relliquiæ Jacobi apostoli, de scapulâ sancti Stephani protho-martyris, dens sancti Pancracii martyris, relliquiæ Florentii episcopi, de vestibus sanctæ Odiliæ et relliquiæ undecim millium Virginum, de capite sancti Blasii martyris.

In cruce. Marie Magdalene, relliquiæ Cosme et Damiani, Nicholai episcopi, Cordule virginis, Arbogasti episcopi, Margarite virginis, Brigide virginis, Cyriaci martyris, Truperti martyris.

Testor igitur Patrem, et Filium, et Spiritum sanctum. Testor cœlum et terram et omnem celestis curie miliciam, universa seculorum agmina. Testor Ipsam in cujus honore hoc opus desudavi, ut nullus hunc librum, tam commentando, distrahando, tam furando, subtrahat, tam emigrando de loco cui deputatus est, auferat; quod si quis apsumpserit et diversam partem ipsius, emittetur de libro vitæ et pars ejus sit in stagno ardenti, pice et sulphure, quod est mors secunda. Deputetur in locum proditoris et furis, et obliviscatur ejus memoria in die magno furoris Domini. Omnibus vero qui hoc volumen adperfectum studio et cooperatione suâ producerint, donet divina memoria omnia que sanctis fuisse daturam bona promisit, et veniant in memoriâ ante Deum in die quo reddet unicuique juxta opera sua, ut ibi ab audicione malâ non timeant, sed illam desiderabilem vocem dulciter et feliciter audiant. Venite, benedicti patris mei, percipite preparatum vobis regnum ab inicio sancti Domini, et dicat omnis populus electorum Dei : Fiat! Fiat !

Cet anathème, qui débute par une description de la couverture transformée en reliquaire, est d'une écriture qu'on peut appeler cursive eu égard à celle dont tout le livre est tracé. Lignes alternativement rouges et noires. Beaucoup d'abréviations. Beaucoup de mots à moitié détruits par l'humidité.

L'ancien catalogue des manuscrits de la Bibliothèque de Laon n'indique pas l'origine de ce bel Evangéliaire. La tradition qui a passé de bibliothécaire en bibliothécaire veut qu'il vienne de la riche collection du Chapitre de la cathédrale de Laon.

Je l'attribue à la première moitié du xiie siècle, et peut-être faudrait-il remonter un peu plus en arrière encore, c'est-à-dire jusque vers la fin du xie siècle, si la *Biblia sacra* no 8 de la Bibliothèque Impériale appartient vraiment au xie, tant il y a de ressemblance, d'analogie frappante entre les grandes capitales (Pl. 24) de notre Evangéliaire et celle que le *Moyen-Age et la Renaissance* a empruntée à la *Biblia sacra* no 8. (Article *Miniature des Manuscrits*, par Champollion-Figeac, planche 10, tome II).

XXXI.

MANUSCRIT N° 225.

(PLANCHE 20.)

In-folio sur vélin. *Missale Præmonstratense.* Provient de l'abbaye de Cuissy.

Avec ce manuscrit nous entrons dans une série de lettres capitales dont la fin du XIIᵉ siècle réclame l'invention et que les trois siècles suivants lui empruntèrent pour les dénaturer par l'excès des ornements à la plume. L'R majuscule accouplé à un grand J que je reproduis (Pl. 20) est un type de hardiesse et de grâce à la fois. La lettre est peinte au pinceau de bleu foncé et de vermillon, et la plume a prodigué ces traits si délicats, ces linéaments si fins, ces contours coquets, ces feuillages, ces accolades, ces perles qui encadrent la lettre, l'enveloppent à l'extérieur et au dedans, et la rendent légère et aérienne dans ses contours massifs qui forment contraste avec le filigrane précieux sur lequel ils se détachent vivement (1).

(1) Les Bénédictins dans leur description et leur critique de ces jolies fantaisies ont été plus que sévères. Voici leur arrêt : « A force de vouloir raffiner, les enlumineurs et les peintres tombent dans le ridicule et » l'extravagant....... Souvent leurs extensions postiches ne se bornèrent pas soit à remonter au haut, soit à » descendre au bas de la page, mais se replièrent encore le long des marges supérieures et inférieures. Cepen- » dant le corps de la lettre proprement dite n'avait ordinairement guère plus d'un pouce de diamètre. Les » extensions chevelues affectaient des couleurs opposées à celles du fond de la lettre. Des filets voisins soute- » naient souvent leur alternative de couleurs autant de fois qu'ils étaient répétés. Dans leurs intervalles, » d'autres petites lignes qui ne tenaient à rien se trouvaient placées. Souvent elles étaient en vis ou en volute. » Les échappements des lettres, presque en forme d'antennes, ne laissaient pas d'occuper autant ou plus de » terrain....... En un mot tout ce qu'un goût dépravé peut produire de plus absurde, tout ce qu'un cerveau

'Al écrit : filigrane. Je ne puis autrement nommer ces arabesques char-
mantes de l'R du manuscrit 225. Je retrouve là toute la fantaisie, toute
l'invention que l'orfévrerie du xiie siècle a prodiguées sur ces croix
processionnelles, sur ces reliquaires, sur ces bijoux admirables dont
de trop rares spécimens sont arrivés jusqu'à nous. Il me paraît évident
que l'écrivain du couvent a voulu lutter avec l'orfèvre du couvent. Quand
celui-ci tordait et retordait compendieusement ses fils de métal qu'il soudait
avec tant d'art et de perfection, celui-là n'avait qu'à laisser courir sa plume
pour multiplier à l'infini ces petits chefs-d'œuvre de finesse dont l'A et
l'H de ma Planche 20 donnent une suffisante idée. Chaque page en est
ornée, et l'on est en droit de s'étonner comment l'esprit, comment l'attention, comment la main ne se sont pas fatigués à semer avec tant de
prodigalité ces majuscules qui toutes d'ailleurs se ressemblent, se rappellent
l'une l'autre, sont jetées dans le même moule, moule devenu plus tard
banal et ennuyeux à force de monotonie.

Dans l'attribution que je fais de ce manuscrit à la fin du xiie siècle
plutôt qu'au xiiie, je ne suis pas tout à fait d'accord avec M. Ravaisson;
mais le caractère et la tournure du filigrane me rappellent bien plus l'art
des orfèvres du xiie siècle que celui des temps postérieurs. Il est bien
difficile, à mon avis, de déterminer avec précision, je l'ai dit déjà plus
d'une fois, le moment où naît une mode, une habitude, et celui où elle
finit. Je ne crois donc pas me hasarder beaucoup en terminant mon étude
sur la paléographie illustrée du xiie siècle par les lettres filigranées qui
vécurent plus de trois cents ans et se retrouvent en plein xve siècle dans
leur épanouissement le plus complet et le plus exagéré.

Le manuscrit 320 qui est daté, on va le voir, de 1196, et dont certaines
petites initiales filigranées rappellent l'H et l'A de ma Planche 20, me vient en
aide. D'ailleurs, cette date qui clot le xiie siècle n'établit qu'une légère différence,
et comme nomenclature seulement, entre mon attribution et celle de M. Ravaisson.

» frénétique peut enfanter de chimères, fut presque l'unique apanage des lettres historiées.. ... » (Nouveau Traité
de Diplomatique.)

XXXII.

MANUSCRIT N° 520.

(PLANCHE 25.)

In-folio sur velin. *Petri Lombardi Sentenciæ.*

Ce manuscrit remarquable provient de Vauclerc, et non de Cuissy comme l'écrit M. Ravaisson. Il porte sa preuve d'origine sur son premier feuillet. Il appartient incontestablement à la fin du XIIᵉ siècle, comme le précédent dont il continue les traditions. Plusieurs petites capitales, I, J, O, N, D, C, Q, semées dans ma Planche 25, rappellent de très près, avec un peu moins de simplicité peut-être, les petites majuscules du n° 225 (Pl. 20) : mêmes fioritures, mêmes broderies. La lettre est un prétexte à l'ornement que la plume prodigue et varie à l'infini, thème gracieux que la variation n'a pas défiguré.

Voyez comme la panse élargie de ce C majuscule, de ce V majestueux (Pl. 25), est enrichie de fines dentelles, comme le trait suit, accompagne, déborde et amplifie les lignes qui forment ces deux lettres. La décoration du grand C est une petite merveille d'invention et de goût. Quelques ombres et des empâtements d'encre de couleur ont mieux fait tourner les folioles en cornet et mis en plus de relief l'intention du calligraphe ; car là encore il n'y a que de la plume sur ces beaux caractères filigranifères, à part les membres des lettres elles-mêmes que le pinceau a teintés de rouge, de vert et de bleu.

E reproduis ici avec plaisir un grand J à pétales d'œillet panaché, qui est vraiment d'un goût très fin et qui rappelle en plus grand le J très élégant (320) de ma Planche 25.

Je parlais tout à l'heure de fatigue et d'ennui ; ils sont évidents ici. Le tiers seulement du manuscrit, qui du reste est énorme, est orné de ces jolies capitales qu'ici j'appelle petites, que dans tout autre manuscrit je dirais de bonnes dimensions, et qu'à la force, tant elles sont nombreuses, l'écrivain n'a plus su ou voulu embellir de ces traits de plume dont il était saturé. Tout à l'heure, il les faisait riches à l'excès. Tout à coup, il les fait simples au possible. Le corps fantaisiste de la capitale y est bien ; mais le trait de plume est absent. Puis il reparaît brusquement, sans raison apparente, mais cette fois plus lourd, plus empâté. Puis encore il fait défaut dans tout le second livre des *Sentences* qu'a commencé un C majuscule de moins forte taille et du même style que celui que je reproduis et avec lequel débutait la préface.

Ce beau livre porte sa date, à l'encre rouge et de la même main que tout le corps de l'ouvrage ; sur sa dernière page où on lit :

Anno XIX.
Anni ab Adam $\overline{VI}$ CCC XCV.
Anni ab incarnatione Domini mille CXCVI (1196).
Indictio XIIII.
Concurrens I^{us}.
Clavis XXXVIII
Epacta XVIII.

Cette date restitue donc au XIIᵉ siècle ces singuliers accouplements de lettres 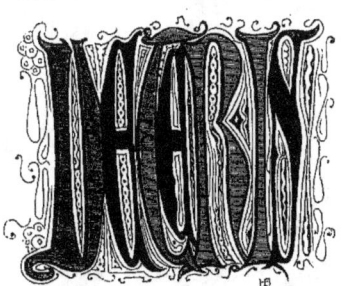 fantaisistes : VETERIS, que sans elle on eût attribués avec presque certitude au siècle suivant, et qu'on retrouve encore jusqu'au milieu du XIVᵉ. Et même faut-il dire que ces enchevêtrements originaux de caractères bleus et rouges doivent être bien antérieurs à 1196, puisque cette année nous en donne un spécimen si complet, un type si achevé dans ce mot VETERIS si difficile à lire. C'est une raison de plus pour ne pas affirmer systématiquement les époques où une mode a pris naissance et où elle a fini (1).

Sur les trois dernières pages laissées en blanc, et d'une autre main, est écrit un traité de comput ecclésiastique qui commence par ces mots : *Argumentum duarum manuum ad quid valeant. Invenitur in eis quanta sit luna, etc.* La seconde page de ce traité est illustrée de deux grandes mains dessinées à l'encre rouge et ouvertes, sur les phalanges des cinq doigts desquelles sont inscrits en rouge et en noir les noms abrégés des mois, des signes et des chiffres au moyen desquels on trouve les indictions, les épactes, les fêtes, les lunaisons, l'âge du monde depuis Adam, depuis Jésus-Christ, les années bissextiles, etc., etc. Cette méthode serait curieuse à publier ; mais elle m'entraînerait trop loin, en me faisant sortir de mon sujet.

Je constate, en passant, dans ce manuscrit dont le velin est souvent d'une qualité, d'une blancheur et d'une transparence tout exceptionnelles, la présence d'une multitude de petites mains dont l'index est toujours tendu comme pour commander l'attention, d'oiseaux et de têtes de quadrupèdes, marques destinées à faire ressortir certains passages importants. Ce sont des signaux d'arrêt pour le lecteur.

---

(1) « Nous ne croyons pas que l'écriture des hautes époques présente des caractères paléographiques assez tranchés pour que l'on puisse être certain qu'un manuscrit appartient plutôt au commencement qu'à la fin d'un siècle, à la fin de l'un qu'au commencement de l'autre. On risque d'errer à vouloir trop préciser, et une certaine ampleur dans les limites des attributions n'est souvent que sagesse. » ALFRED DARCEL. *Gaz. des Beaux-Arts.*

Pl. 25.   XIIᵉ Siècle.   MSS. 170 et 320.

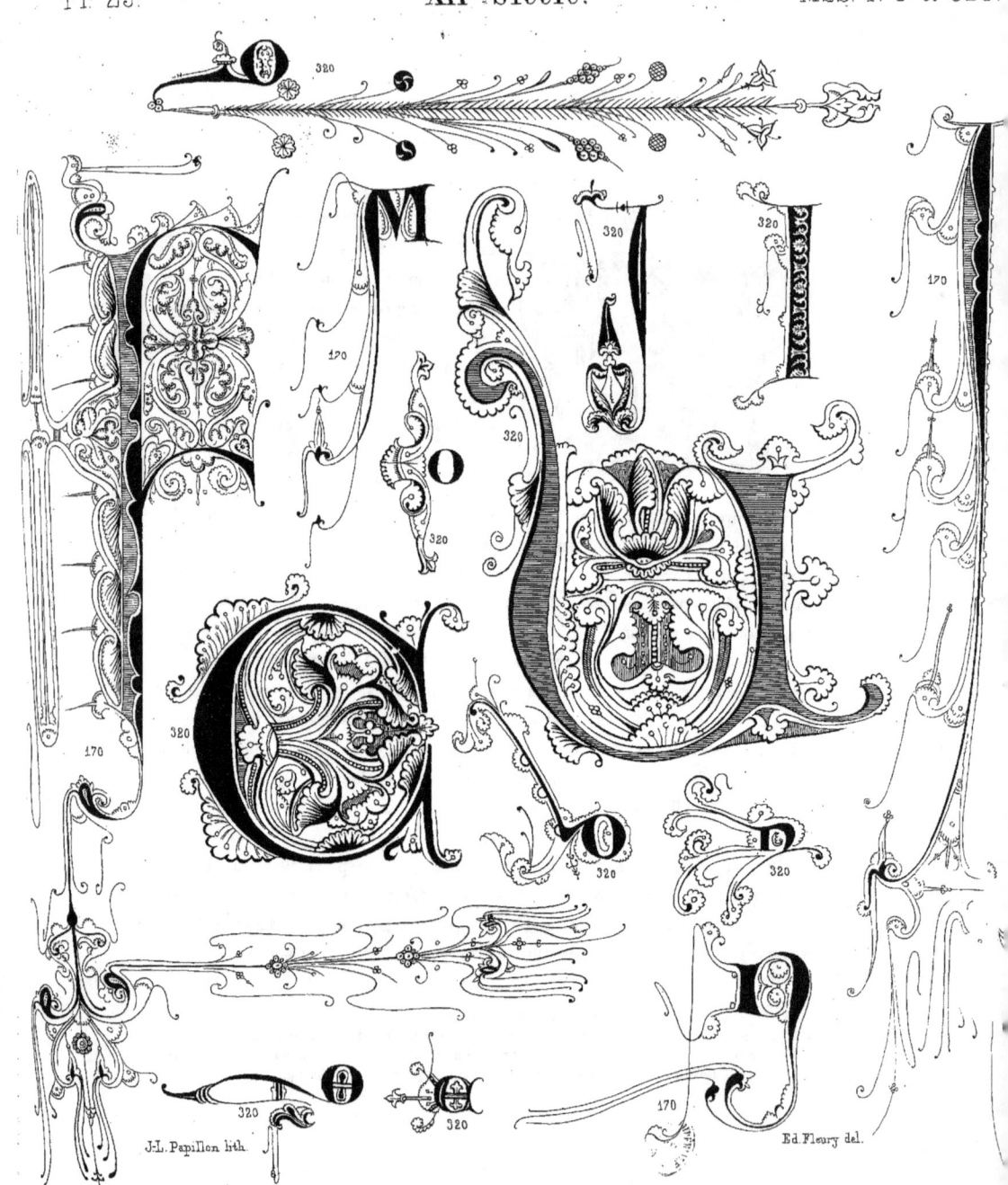

J-L. Papillon lith.

Ed.Fleury del.

BIBLIOTHÈQUE DE LAON.

XXXIII.

MANUSCRIT N° 170.

(Planche 25).

In-quarto sur velin. *Adæ de Courlandon verbum abbreviatum.*

 E manuscrit, qui nous vient de Notre-Dame de Laon, est évidemment du commencement du XIIIe siècle. Je le place ici comme transition entre les deux parties de mon étude et à cause du caractère de l'ornementation filigranée de ses lettres sur lesquelles je ne veux plus avoir à revenir comme description, parce que plus tard j'en donnerai plusieurs remarquables exemples. Ce manuscrit, dis-je, nous offre tout d'abord la capitale V du mot *Verbum*, dont la ressemblance est trop frappante avec le grand R de la planche précédente pour que je m'y arrête.

Je donne seulement un N et un M, capitales mineures, pour que l'on ait une idée de ces lettres par lesquelles chaque alinéa du livre commence.

Ce qui doit m'arrêter un peu plus de temps, c'est le J majuscule qui borde tout entière une des premières pages, et l'F remarquable du mot *Fluminis* par lequel débute un chapitre au dix-septième feuillet (Pl. 25). Rien n'est charmant comme ces girandoles élégantes, comme ces cascades multipliées de traits qui continuent ces deux belles lettres où l'azur et le vermillon seuls apparaissent en se combinant à l'infini. Il est à regretter seulement que l'écrivain se soit arrêté là et n'ait plus tracé ensuite que des initiales trop petites et trop simples, lui dont la plume savait faire si grand quand il le voulait.

Je dois faire remarquer l'air de fraternité que l'F de ma Planche 25 affecte avec celui de ma Planche 20, quant à la forme générale, sinon quant à l'ornementation.

Je trouve encore en tête de ce manuscrit une de ces malédictions dont j'ai déjà donné plusieurs exemples, mais celle-là d'une simplicité et d'une concision toutes spartiates : *Iste liber est Ade de Corladun. Si quis eum celaverit anathema sit.* Ces anathèmes vont désormais devenir de plus en plus rares.

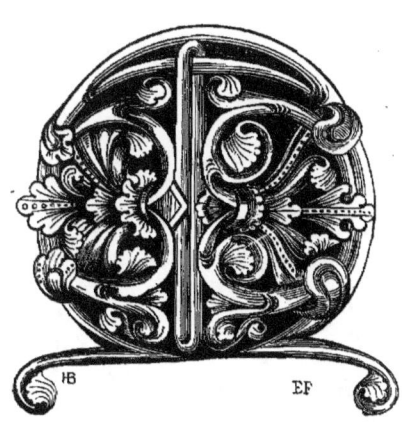

Mon étude sur le XIIᵉ siècle est terminée ; mais je ne puis oublier, parmi ses titres à l'attention, qu'il a créé le camaïeu que M. Durieux attribue au XIVᵉ siècle, ainsi que la grisaille. J'ai des exemples de camaïeu au XIIᵉ et au XIIIᵉ siècles. Ainsi le *Collectionarium cisterciense*, man. 243 de la Bib. de Laon, attribué au XIIᵉ par M. Ravaisson, m'offre le bel M, capitale tournure, peint en camaïeu, bleu sur bleu, que je donne sur le côté de ce paragraphe.

J'aurais pu multiplier, si je l'avais voulu, les planches de dessins et les exemples gravés. J'ai dû me borner et ne prendre, dans cet opulent XIIᵉ siècle, que ce que son invention et son dessin ont de plus original et de plus remarquable.

FIN DE LA PREMIÈRE PARTIE.

ÉTUDES RÉVOLUTIONNAIRES PUBLIÉES :

BABŒUF; 1 vol. in-12. (2e édition épuisée.)
CAMILLE DESMOULINS ; 2 vol. in-12. (2e édition.)
SAINT-JUST , 2 vol. in-12.
HISTOIRE DU CLERGÉ PENDANT LA RÉVOLUTION ; 2 vol. in-8º.
ROCH MARCANDIER ;
DUPIN (DE L'AISNE) :
UN CLUB A CHAUNY ;   } Brochures in-8º.
FAMINES , MISÈRES ET SÉDITIONS ;
VANDALES ET ICONOCLASTES ;
LE DÉPARTEMENT DE L'AISNE EN 1814; 1 fort volume in-8º, avec plans
de siéges et batailles.

A PARAITRE :

LA NOBLESSE PENDANT LA RÉVOLUTION ; 2 vol. in-8º.
LE PEUPLE PENDANT LA RÉVOLUTION ; 2 vol. in-8º.
RONSIN ; 1 vol. in-12.
FOUQUIER-TINVILLE ; 1 vol. in-12.

ÉTUDES ARCHÉOLOGIQUES PUBLIÉES :

DU PAVAGE ÉMAILLÉ DANS LE DÉPARTEMENT DE L'AISNE ; in-4º.
INVENTAIRE DU TRÉSOR DE LA CATHÉDRALE DE LAON ; in-4º.
LES FOUILLES DE NIZY-LE-COMTE ; in-8º.
INVENTAIRE DU TRÉSOR DE NOTRE-DAME DE LIESSE ; in-8º.
LES JEUX DE DIEU , MYSTÈRE DE SAINT QUENTIN ; in-4º.
LES PEINTURES MURALES DES ÉGLISES DE L'ARRONDISSEMENT DE LAON; in-8º.
LA CIVILISATION ET L'ART DES ROMAINS DANS LA GAULE-BELGIQUE ; in-8º.

A PARAITRE :

DE L'INFLUENCE DES DUCS D'ORLÉANS SUR LES ARTS AUX 14e ET
15e SIÈCLES ; in-8º.

Laon. — Imp de Éd Fleury

ÉTUDES RÉVOLUTIONNAIRES PUBLIÉES:

Babœuf; 1 vol. in-12. (2ᵉ édition épuisée.)
Camille Desmoulins ; 2 vol. in-12. (2ᵉ édition.)
Saint-Just , 2 vol. in-12.
Histoire du Clergé pendant la Révolution ; 2 vol. in-8º.
Roch Marcandier ;
Dupin (de l'Aisne) ;
Un Club a Chauny ;   Brochures in-8º.
Famines , Miseres et Séditions ;
Vandales et Iconoclastes ;
Le Département de l'Aisne en 1814; 1 fort volume in-8º, avec plans de siéges et batailles.

A PARAITRE:

La Noblesse pendant la Révolution ; 2 vol. in-8º.
Le Peuple pendant la Révolution ; 2 vol. in-8º.
Ronsin ; 1 vol. in-12.
Fouquier-Tinville ; 1 vol. in-12.

ÉTUDES ARCHÉOLOGIQUES PUBLIÉES:

Du Pavage émaillé dans le département de l'Aisne ; in-4º.
Inventaire du Trésor de la Cathédrale de Laon ; in-4º.
Les Fouilles de Nizy-le-Comte; in-8º.
Inventaire du Trésor de Notre-Dame de Liesse ; in-8º.
Les Jeux de Dieu , mystère de saint Quentin ; in-4º.
Les Peintures murales des Églises de l'Arrondissement de Laon; in-8º.
La Civilisation et l'Art des Romains dans la Gaule-Belgique ; in-8º.

A PARAITRE:

De l'Influence des Ducs d'Orléans sur les Arts aux 14ᵉ et 15ᵉ siecles ; in-8º.

Laon. — Imp de Éd Fleury

www.ingramcontent.com/pod-product-compliance
Lightning Source LLC
Chambersburg PA
CBHW070845030726

47504CB00005B/1218